U0938354

演戲的人

劉以鬯 著

中華書局

目錄

1 /5
2 /22
3 /28
4 /43
5 /54
6 /63
7 /70
8 /79
9 /88
10 /102
11 /109
12 /124
13 /136
14 /152
15 /158
16 /166
17 /173
18 /191
19 /203
20 /209
21 /227
22 /242
23 /254
24 /259
25 /272
26 /278

1

走出報館，已是深夜兩點，疾風中的雨水，如同鞭子一般。我站在騎樓底，靜候的士。

等了十幾分鐘，不見的士駛來。沒有辦法，只好冒雨行走。走過橫街，發現一架汽車停在那裏，以為是的士，忙不迭奔過去，卻看到一個濃妝艷服的女人，繃着臉，悻悻然從車廂走出。車廂裏有個男人，直着嗓子嚷：

「快回來！」

女人只顧冒雨急走，頭都不同。

「快回來！否則就一刀兩斷！」男的又嚷了一句。

女人依舊不理他，橐橐橐，高跟鞋踩在士敏士的人行道上，特別嘹亮。

男人終於也走出車廂，像支箭般，疾步追上前去，一把將她拉住。

「跟我回去！」他作了這樣的要求。

女人用鄙夷不屑的眼光對他一瞅，扁扁嘴，一言不發，憤然繼續挪步。男人很生氣，第二次追上前去，將她捉住，用近似威脅的態度要她屈服。她顯然是個倔強的女人，不但不肯示弱，抑且舉起右手，猛摑他一巴掌。男人受了侮辱，立刻轉身，疾步奔到停車的地方，投入車廂，發動引擎，將車子駛得比風還快，瞬即隱入雨簾。

這一幕活劇的演出，使我好奇心陡起，久久凝視那個女人的背影，有一種不可言狀的感覺在心頭。那女人走到街口，正打算過馬路時，不留神踏到了一些滑腳的東西，竟爾跌倒在地，我忙不迭奔上前去，將她攙起，扶回人行道，站在騎樓底問她：

「受傷了沒有？」

「稍為有點痛。」

「讓我僱的士送你回家？」

「我住在九龍。」

「那末，等的士來了，送你到卜公碼頭去搭乘嘩啦嘩啦？」

她略微一停頓，想了想，說：「只要休息幾分鐘，就沒有事了。」

於是，我們靠着牆壁，等候的士駛來，誰也不作聲，只有雨聲淅瀝。我掏出煙盒，遞一支給她，扭亮打火機；她將香煙啣在嘴上，微微低下頭，點煙。這時候，我終於看清了她的面容。

她長得非常美，美得令人感到震懾：二十幾歲；一對水汪汪的眼睛，又大又黑，具有一種磁性的媚力；鼻樑很挺，皮膚皙白，小嘴含嬌帶俏，瓜子臉，下巴尖尖的，既美且媚，彷彿工筆畫家筆底下的傑作。

我覺得這面容很熟悉，好像在甚麼地方見過的，仔細一想，猛然吃了一驚——原來她是一位電影明星！

「丁桃小姐？」我問。

她睜大水汪汪的眼睛，側過臉，對我投來詢問的一瞥。我明白她的意思，因此加了一句不必要的解釋：

「我看過你演的電影。」

她牽牽嘴角，呈露了一個迷人的微笑，很淡，淡得像燕子在水面剪出的波紋。

雨，愈下愈大，掛在前面，彷彿千萬支玻璃管子。她穿的衣服不多，因此打了一個寒噤。我脫下自己的上衣給她禦寒，她搖搖頭。

這時候，街口有車頭燈的光芒射來，我忙不迭衝入雨簾，大聲呼喚。那司機立即將車子駛過來，我走去攙扶丁桃。進入車廂，丁桃對我說：

「謝謝你的幫忙，讓我先送你回家罷。」

「我一點也不倦。」

「現在已經兩點多了。」

「我是熬夜慣了的，即使現在回家，也非到天亮不肯上床。」

然後話題轉到我的職業。我告訴她：我是一家報館的編輯，除了假期以外，每晚總要工作到兩三點。她笑笑，說是在報館供職的人，生活太無規律，其情形，與拍電影倒也十分相似。於是我打趣地說：

「論待遇，那就不啻天壤雲泥之別了。」

「你一個月拿多少薪水？」

「四五百。」

「夠用嗎？」

「我是一個單身漢。」

「還沒有結婚？」

「是的。」

「難道你是女性厭惡者？」

「不，絕對不。」

「那末，為甚麼不結婚？」

「理由很簡單：愛我的女人，我不愛她；我愛的女人，她不愛我。」

說到這裏，車抵「卜公碼頭」，我付了車資，扶她下車，包一艘「嘩啦嘩啦」。她一再向我表示謝意，還勸我不要護送她過海；我說她剛才摔了一跤，行路不方便，所以要送她回家後始能放心。她看出了我的善意的固執，終於讓我扶她進入船艙。

在黝暗的船艙裏，大家默不出聲。艙外有雨，小船在海面上左右搖擺。丁桃似乎並不怕暈船，先向我要了一支煙；然後幽幽地說：

「你心裏有個問題，是不是？」
「是的，但是我不想知道。」
「為甚麼？」
「因為如果沒有充分的理由，你絕對不會舉手摑他的。」
「他很有錢。」
「這是一定的。」
「他的脾氣很暴躁。」
「這也是一定的。」
她笑了，第一次露齒而笑。隔了半晌，才正正臉色，提出這樣一個要求：
「希望你不要將剛才見到的事登在報上。」
「你放心好了，我是國際版的編輯。」
她噓口氣，將長長的煙蒂扔入海中，側過臉來，對我看看，微微一笑，好像找不出甚麼適當的話語來跟我兜搭。於是，我吸了一口煙之後，說：
「我看過你主演的《花濺淚》。」

「那是演得最壞的一部。」

「你自己認為最滿意的是哪一部？」

「一部也沒有。」

「全不滿意？」

接着，她竟坦白講出自己對現階段電影動向的觀感了。她說李祖永死得太早，否則，我們也許還能看到幾部好片子。

「一部片子的成功與失敗，劇本是一個重要關鍵，有了好劇本，才能產生好電影，因為劇本是一部片子的靈魂。李祖永雖然是個大少爺，但是有學問，有膽識，有魄力，因此拍出了好幾部水準以上的作品。有人說他不懂電影，花了許多冤枉錢；其實，除了他，還有誰能製作出像《火葬》這樣優秀的電影？不錯，他花過許多不應該花的錢，諸如用三千塊港幣將韓蘭根從上海請來在《國魂》中拍一個鏡頭；但是他竟有辦法使一些優秀的劇作家們集中在一起，同為國語電影作一番前所未有的努力。你說，李祖永是不是真不懂電影？」

說到這裏，她忽然感覺到自己太過衝動了，頓一頓，故意壓低嗓子，繼續說下去：

「對不起，我不應該在你面前發牢騷的，不過，你既然提到這個問題，我難免沒有一些感觸。事實上，感觸當然不止這些，說下去，非常難聽了，不說也罷。」

一會，船抵九龍倉碼頭。我扶她上岸，僱的士，送她回家。她住在尖沙咀區，是一幢落成不久的新樓。時為深夜三點左右，雨仍未停。她邀我上樓去喝杯酒，等雨停後再走。我說：

「你一定很疲倦了。」

她說：「我是拍慣通宵的。」

於是，我挽着她走入電梯。她住在八樓，有個很大的客廳，燈光柔和，佈置也十分現代化。

我從未到過明星的家，但是從報章雜誌上，倒也看過不少照片。丁桃既然是明星，所以客廳的佈置與那些照片大致相差不多：鋼琴、落地枱燈、電視機、小酒吧、長沙發、牆上掛些庸俗的彩色照片。我不喜歡牆上懸掛屋主人的「近影」，因為那東西對情調的破壞力特大。丁桃的客廳裏也有她的「近影」，幸而並不多，總算沒有把氣氛搞壞。

她斟了一杯威士忌給我，另外還遞了一支「三個九」，她自己則吸「蘇勃雷尼雞尾煙」。

「進入電影圈多久了？」

「三年。」

「誰介紹？」

「沒有人介紹，是我自己走去投考的。」

「不通過任何關係而能順利踏入電影界的明星，似乎不多。」

「我的情形不能算是很順利。」

「為甚麼？」

她沒有立刻回答我的問題，很持重地，拿起酒杯，一仰脖子，呷了一大口。從喝酒的神氣中，我斷定她是一個爽朗的女性。

稍過片刻，她牽牽嘴角，露了個淺笑，用歎息似的聲音，說：

「女孩子都做過明星夢，我也不能例外。當我十七八歲的時候，常常將明星們當作女王來崇拜。我以為一個人當了明星之後，不但可以變成別人心目中的偶像，而且有名，有利，被許許多多男人整天包圍着，實在是非常幸福的。但是，我的想法未免太天真了……我曾經在雜誌看到過一篇文章，說從前，有個女明星名叫『艾霞』，當她自殺前，在遺書中寫過這麼一句：『電影圈是黑暗的。』現在，當我在電影圈裏混了三整年，我才了解這句話的真正含義。」

想不到正在竄紅的丁桃，竟會對電影圈如此失望。剛才那個男人給她受了些刺激，據我的猜測，可能因為他才不斷地發起牢騷來了。我正想勸慰她幾句，她又開口了：

「你知道不知道我拍片的酬勞有多少？」

「不知道。」

「隨便猜一猜。」

「兩三萬拍一部。」

她忽然格格發笑了，笑得有點歇斯底里，很久很久，才斂住笑容，說：

「老實告訴你吧，我每個月只有兩百塊錢薪水，每拍一部片，另外可獲五百塊酬勞。」

「這麼少？」

「是的，就是這麼一點。」

「聽說林黛和李麗華拍一部片子可得七八萬的片酬？」

「她們並不是投考的。」

「話雖如此，這兩百塊錢的薪水也未免太少了。」

丁桃呷口酒，扁扁嘴，嗤鼻冷笑着說：「這裏邊的道理，不講出來，你是不會了解的。」

「我倒願意知道一些。」

接着，丁桃舉杯將酒呷盡，打開茶几上的煙盒，取出一支紫色「蘇勃雷尼」，點上火，深吸一口，把煙霧噴出來，然後慢吞吞的說：

「電影公司聘請大明星拍片，為的是賺錢有把握；不過，大明星拍片的酬勞高，因此提高了一部片的製作成本，使公司方面的利潤大為減少。為了這個緣故，公司方面就轉出一個念頭：招考新人。在實行這一項新計劃時，公司定下一條規則，凡是被錄取的新人，必須與公司訂立五年的長期合同。在這五年中，公司傾全力將她捧起；而被捧的新人必須按月受薪，且不得為別的公司拍片。這樣一來，製作成本減輕了，公司方面的利潤當然也隨之提高；等到五年期滿，如果那位『新人』仍有叫座力的話，公司自會與她另訂新合同。到那時，公司早已賺飽，即使提高一些酬勞，也無所謂。」

「不過，那位新星豈不是白白犧牲了五年的青春？」

「這是沒有辦法的事，你想做一個電影明星，就得簽訂這樣的合約。」

「對於一個女人，尤其是一個美麗的女人，五年無異是一個世紀。期滿即使不老，也無法與另一批更年輕的新人競爭了。」

「一點也不錯。」

「但是為甚麼還有人願意這樣做？」

丁桃又格格作笑了，邊笑邊說：「一個女人如果沒有電影明星的銜頭，永遠只是一個『女人』。在這五花八門的香港社會裏，沒有銜頭的『女人』，一定不會有甚麼作為。換一句話說，『電影明星』這四個字本身就是一種資本！」

我終於憬然大悟了，有意無意地用眼對這客廳掃了一圈，暗忖：「何怪像丁桃這樣的明星，每個月的薪水只有兩百元，卻有能力生活得如此闊綽。」

丁桃的坦白和爽朗，使我對她發生了極度的好感。她很美，比銀幕上美得多。銀幕上的她，是劇中人，舉手投足，無一不受劇情限制。但是在實際生活中，她倒是非常直率的，具有一種稀有的品質。

時已四點敲過，街上偶而也有車輛的聲音傳來。雨仍未停，像鞭子一般的擊打着玻璃窗。我唯恐打擾丁桃，當即將酒一口呷盡，放下酒杯，站起身，對她說：

「我要走了。」

「為甚麼？」

「因為不想阻你休息。」

「我不是剛才已經告訴過你，我是拍慣通宵的。再說，天還沒有亮，何必這麼忙呢？來，再喝幾杯，等有了渡輪再走。」

經不起她的一再慫恿，我只好繼續坐下來。她又替我斟了一杯酒，要我講一些關於我自己的事給她聽。我說我是一個平凡人，淡泊無大志，過去沒有做過轟轟烈烈的大事，今後也不想做。

丁桃笑了，硬說我讀多了哲學書，才會如此消極。

我說：「哲學旨在探求人生的最終目的，不會令人消極墮志。」

「喜歡不喜歡叔本華？」她問。

「讀過他的一兩本著作。」

「怪不得你到現在還不願意結婚。」

「結婚與叔本華有甚麼關係？」

「叔本華是個女性厭惡者。」

「我絕對不厭惡女性，相反地，我一直希望能夠有個知心的女朋友。」

「真的嗎？」

我以微笑作答；她站起身，走到酒櫃邊，又斟了兩杯酒。我說：「我不能再喝了。」她用調侃的口吻對我說：「怕甚麼？怕我乘機佔你的便宜？」接着，將酒杯遞給我，毫無顧忌地走到我身旁，舉杯，祝我健康。我不便拒絕她的勸飲，只好勉為其難地呷了一口；但是她佯嗔薄怒了，說我不給她面子。沒有辦法，只好將酒杯裏的酒一口呷盡。她露了笑容，接過空杯，婀婀娜娜地走到酒櫃邊去斟酒了。我連忙追上前去，用近似哀求的口氣對她說：「我實在不能喝了，再喝，一定會醉倒的！」但是她卻嫣然一笑。

丁桃說：「人生難得幾回醉。」然後又斟了兩杯威士忌。

當我接過酒杯時，我有這樣的想法：她自己受了刺激，企圖借酒澆愁，卻拿我來尋開心。

因此，我毅然拒絕了她的邀飲。她生氣了，說我完全不像一個男人。我也生氣了，一把捉住她，想教訓她幾句，結果被她的美麗震懾了。

客廳靜得出奇，只有斜雨擊打玻璃窗的聲音。

她又打開煙盒，取出一支煙，極力保持鎮定，冉冉走到窗邊去看雨。看了一會，背着我說：「天快亮了。」

「是的，我該走了。」

「還早哩，再坐一下，我去把工人叫醒，讓她煮些東西給你吃。」

「我不餓。」

她彷彿完全沒有聽到我的話，逕自走到後邊去喚醒工人。我覺得她之所以這樣做，只有一種解釋：從夢境中走避。

稍過些時，她含笑盈盈的走出來，點燃一支煙，忽然歇斯底里地哄笑起來，笑了一陣，說：

「有時候，我自己做的事情連我自己都無法了解。」

「甚麼事情？」

「譬如說三個鐘點前，那個姓周的請我到『麗宮』去吃消夜，送我回家時，忽然在中途停下車子，我火了，冒雨下車，他追上來，我憤而摑了他一巴掌！後來，遇見了你，雖不相識，竟讓你送我回家……」

言詞之間，似乎另有含義，但是我不敢自作多情。丁桃是個電影明星，而且長得如同天仙般美麗，正是男人們追逐的對象，怎麼會在這麼短暫的時間內對我發生好感。根據我的想法：她一定受了那個姓周的侮辱，心內的氣憤無法宣洩，加之喝了些酒，就把我視作嘲戲的對象了。我急於離開丁桃的寓所，但是工人已經將早餐端了出來。那是一頓豐盛的早餐：番茄湯、炸魚、火腿蛋、生菓、咖啡和牛油麵包。丁桃又替我斟了一杯酒，我不想喝，但也不便拒絕。

吃過早點，天色已亮，雖然仍在落雨，街上的車輛聲開始嘈雜起來。

用手背掩蓋在嘴前，我打了個呵欠，站起身，向丁桃告辭。丁桃知道我已相當疲倦，點點頭，將她的電話號碼寫給我。

「下午有空，打個電話給我，最好四五點鐘左右，遲了，可能不在家。」

我接過電話號碼，挪步走向大門。丁桃送我到門口，分手時，還叮嚀一句：

「記住，打電話給我，明後天可能又要到別的地方去拍外景了。」

我點點頭，離開丁桃的寓所。天已亮，雨勢轉弱。我僱一輛的士，直駛尖沙咀碼頭。坐在渡輪上，想起美麗的丁桃，彷彿做了一場甜蜜的夢。我不敢相信這是現實生活中的境遇，卻念念不忘地想着丁桃。我是一個非常敏感的人，對於這短暫的邂逅，當然不會寄存太多的希望。

2

回到家裏。我立即解衣上床，心裏有一種不可言狀的感覺，說是興奮，倒也有點像淡淡的哀愁。我擔心會抵受不了那一股似光逼射的魅力，因而感到了恐懼。我必須將這件事視作一場甜夢，庶可避免自討沒趣。一個電影明星，尤其像丁桃這樣正在竄紅期的電影明星，身邊不知道有多少男人在捧她，追求她，阿諛她，當然不會在短短的邂逅中，鍾情於一個偶值的陌生男子。昨夜的事，對於我，少不免要受寵若驚的；對於她，只是受了別人的侮辱，一時找不到發洩，恰巧遇見了我，邀請我陪她飲酒作樂，初無其他的含意，倒是非常明顯的。我必須壓制自己的感情，認清當前的現實，忘掉她，忘掉昨夜的種種，免得自尋煩惱。如果是平日，不論是通宵工作或通宵打牌，第二天一倒在床上，毋需兩分鐘，立刻會沉沉睡去；然而今天的情形顯然有點不同，雖然通宵不睡，而且還喝了不少酒，我竟一點睡意也沒有。

我一骨碌翻身下床，從書架上找出幾本舊的電影畫報，翻呀翻的，找出了十幾張丁桃的照片。我拉開抽屜，拿出一把剪刀，將丁桃照片逐張剪下來，攤在書桌上，貪婪地欣賞。

在我結識丁桃之前，我常常在報章雜誌上見到丁桃的照片，只覺得她是一個美麗的女人，從未加以特殊的注意；如今，既已結識了丁桃，重新翻閱這些照片時，她的美麗不但具有一種新鮮感，抑且像磁石一般地吸引着我——如果將我的心靈喻作一隻蒼蠅，那末丁桃的美麗就是一個蛛網了。

我知道我是非常疲倦了，不睡，晚上絕對沒有辦法到報館去上班。於是我又躺在床上，放棄忘掉丁桃的念頭，讓思想變成一匹脫韁的馬，任它到處馳騁。當我想到甜蜜處，我就沉沉入睡了。

醒來，已是下午四點，忙不迭沖涼洗臉，沒有吃東西，就打了一個電話給丁桃。

丁桃居然沒有出街，聽到我的聲音，起先似乎感到陌生，但立刻拖長了尾音「哦」了一聲，然後含笑帶嗔地：

「我正閒着無聊，快過海來罷，我們到『國賓酒店』下面的咖啡店去喝下午茶。」

「幾點？」

「你幾點可以來到九龍？」

「四點一刻。」

「那末，五點正我們在那家新開的咖啡店見面。」

電話收線，我心裏的喜悅猶如熱火上的栗子一般，不停地爆濺開來。我穿上最合身的衣服，喜氣洋洋地僱的士到「天星碼頭」，過海，抵達九龍時，不過四點半，時間尚早，我就踱着悠閒的步子，經過「半島酒店」門口，折入彌敦道，一會就到了「國賓酒店」。

這咖啡店面積不大，狹長的一條，但佈置得極其精緻，不但情調好，而且是一個調情的好所在。它有點像巴黎的街頭咖啡店，只是牆上張貼的各地廣告紙卻非常刺眼。這些庸俗的廣告破壞了美的氣氛，同時使人產生處身於旅行社的感覺。如果將這些廣告紙拿掉，另外置放一些比較現代化的裝飾，情調必然更好，我特別喜歡那設在角隅的爐灶，赭紅的方磚，掛着一些光可鑒人的鍋鑊，叫人見了，但覺新奇別致。

「外國旅客的來到，」我想：「使香港的商人多了一筆收入，同時也使香港多了不少精緻的櫥窗和咖啡店。」

正這樣想時，丁桃婀婀娜娜地走來了，穿着一襲紫色的旗袍，外加紫耳環，紫手套，紫手袋，紫色的高跟鞋，打扮得如同一朵幽谷中的紫羅蘭，美得令人感到震懾。見到我時，她露了一個淺淺的微笑，然後向僕歐要了一杯鮮橙汁。她的興致似乎很高，一開口便是：

「今晚沒有拍戲通告，我要你陪我玩個痛快！」

「但是我今晚還要到報館去編報。」

「不能請假？」

「當然是可以請假的，不過……」

「別遲疑不決，快去打電話。」

我站起身，推開玻璃門，走去打了一個電話給報館。接電話的是同事沈君，我撒個謊，說自己身體不舒服，希望他代向總編輯告一天假。

回到座位，我們開始毫無拘束地談些話。我們談話的內容很雜：一會兒談貓王與白潘；一會兒談OB查查與加力騷；一會兒談瑪莉蓮夢露和碧姬巴鐸；一會兒談畢加索與米羅；一會兒談「憤怒的年青人」與「搜索的一代」……凡此種種，丁桃都有獨到的見解，顯示她不但不庸俗，而且比一般的女明星有修養得多。

最後，談到電影，她說：

「戰後意大利的電影有過驚人的成就，是一樁無可否認的事實，像《單車竊賊》，像《不設防城市》，都是『限定資金』的作品；然而成就之高，遠非好萊塢的百萬金元鉅製所能望其項背。不過，現在的意大利片一味想賺外匯，大拍宮闈打鬥片，那就不敢恭維了。縱然如此，他們依舊能夠產生像《卡比利亞》這樣優秀的電影。」

接着，丁桃竟用學者態度來研究意大利的電影了，說好萊塢之所以不能產生偉大的電影，完全是因為美國人具有一種天賦的滑稽性，不肯用嚴肅的態度去處事，所以拍出來的片子雖然調子輕快，但永遠缺乏中心思想。意大利人的性格比較沉鬱，處理事務的態度也比較嚴肅。他們的電影繼承了舞台的傳統，雖然物質安排相當貧樸，但是決不會像美國電影那麼淺薄。

「所以，」她說，「我認為國語電影的領導者如果有意製作一些優秀的作品，他們應該效學意大利製片家的態度，拍攝一些含蓄有深度有意義的電影。好萊塢的電影雖然賺錢，究竟不適合我們的民族性。中國人製作的電影必須具有中國作風與中國氣派，倘若為了迎合一般趣味，毫不保留地去摹倣好萊塢，不斷製作洋葱味太濃的國語片，那就一點意思也沒有了！我們必須揚棄美國片的輕浮作風，集中力量製作一些樸實而持重的作品來！」

丁桃似乎很健談；但是每一句都有道理。事實上，現階段的國語電影都是在商人監督下完成的，所以商業味特別重；不但不能與「崑崙」、「文華」的作品相提並論，甚至與「聯華」的作品也無法比較。過去，我們並不是沒有好電影：《孔夫子》、《人生》、《大路》、《萬家燈火》、《一江春水向東流》、《火葬》等等都是有分量的作品。現在，技術進步了，而且常常可以借用日本的技術人才，但是製作出來的電影卻是庸俗的，沒有思想性的，開倒車的。何怪有修養的工作人員如丁桃者要大發牢騷了。

3

時已六點過後，丁桃建議到新界去遊車河。我沒有車，她說她有。走出咖啡店，坐上丁桃的車子，由丁桃駕駛，直向新界駛去。由於時間已不早，我們並無打算在新界轉一個圈，只是在郊外隨便兜兜。十點鐘，我們到沙田酒店進餐，揀了一個靠窗的座位，相對而坐。

在柔和的燈光下，丁桃的面容比銀幕上更加美麗。當她發笑時，常常使我想到初放的蓮花。

「我有一種特殊的感覺。」她呷了一口酒，說。

「甚麼？」

「我覺得我們好像是多年老友一般。」

我笑笑，她也有會於心地露了個笑容。樂隊開始演奏〈煙入汝眼〉，丁桃喜歡這隻歌，邀我下池共舞。

「明天不下雨，我們要到澳門去拍外景了。」她說。

「去幾天？」

「如果工作順利的話，一個星期就可以回來。」

「工作不順利呢？」

「那就難說了。」

「寫信給我？」

「一定寫信給你。」

就在這時候，有個戴眼鏡的中年男人剛剛舞到我們近處，拍拍丁桃的肩膀，笑得連眼鼻都皺在一起。

「真湊巧，又碰到你了。」那中年男人說。

丁桃回頭過去，又驚又喜地驚叫起來：「我以為是誰，原來是葛導演。」

「看你的神氣，好像興致不壞。」

「不拍戲的時候我的心情比較輕鬆。」

「可是明天又要到澳門去拍外景了。」

「那是沒有辦法的事，工作是工作。」

葛導演嘿嘿作笑了，笑得很大聲，引來不少驚詫而含有憎意的目光。我不喜歡葛導演那種嘴臉，故意挪開舞步，舞到池邊去。丁桃悄聲責怪我，說我這樣的做法太不禮貌。我板着臉，極力壓制內心的激盪，不作聲。一曲舞罷，大家回到座位。丁桃看出我心裏有點不高興，當即用歉意的語氣問我：

「是不是怪我說錯了話？」

「沒有。」

「既然沒有，何必老是板着撲克臉？」

「我不喜歡那個葛導演。」

「為甚麼？」

「因為他的態度太輕浮。」

「但是，他是大導演。在電影圈內，導演屬於特權階級，除了電影公司的老闆之外，誰都要賣他們三分賬。我是一個演員，而且正在竄紅期間，如果他們肯幫忙的話，就可以一步登天了；否則，即使我的演技像狄波拉嘉那麼好，恐怕也不會出頭的。香港電影界的情形就是這樣的，你是外人，所以不明白這個道理。」

「為了自己的前途，必須容忍他的輕浮？」

丁桃又哄笑了，說我太天真。我不明白她的意思，只是望着她發愣。一會，她斂住笑容，一本正經地對我說：

「為了自己的前途，不但要容忍他的輕浮，必要時，如果他們想佔些小便宜的話，你也得依從！這是沒有辦法的事。」

這幾句話，像針一般的直刺我心。我知道我與丁桃之間只能算是普通朋友，當然還沒有資格妒忌。但是聽了她的話語後，我卻大大的不高興了，彷彿有塊大石壓在我的心坎上。丁桃並沒有察覺我的感受，呷了一口拔蘭地後，繼續以葛導演作為談話中心。

「在整個電影圈內，他是出名的色狼。」

「他沒有結過婚？」

「兒子都在英文書院讀書了。」

「他的太太為甚麼不干涉他的行動？」

「他的太太……」

丁桃欲言又止了，覺得下面的話語太難聽，不便說出口。我當然明白她的話意，也就點點頭，表示已經有會於心。她會錯了我的意思，以為我樂於聽聞電影圈內的事情，呶呶嘴，說出了這樣一個秘密：

「葛導演一度跟白碧華打得火熱。」

「白碧華？大名鼎鼎的性感明星？」

「正是她。」

「那末，葛太太知道不知道這件事？」

「起先蒙在鼓裏，後來有人跟葛導演過不去，寫了一封匿名信給她，她立刻趕到酒店去，揭破了隱情，吵得一塌糊塗，甚至要撞牆自盡！」

「奇怪，我是一個新聞記者，怎麼對於這件事一點也不知道？」

「葛導演神通廣大，一向與新聞界的朋友維持很好的聯繫。再說，這件事並未牽涉到任何法律問題，所以很容易就遮掩了過去。」

「但是，那位葛太太當然不會因此而罷休的？」

「葛導演雖然是電影圈裏著名的色狼；同時也是電影圈裏著名的懼內者。自從隱情給老婆揭穿後，居然狠狠心，毅然與白碧華一刀兩斷了！」

「白碧華肯罷休嗎？」

「白碧華斷絕了一條出路，當然要設法報復的。」

「怎樣報復？」

「她立即與性格演員高洋同居了！」

「何怪有一個時期小報上常有高洋與白碧華『過從甚密』的消息傳出。」

「但是，高洋的演技雖好，脾氣卻很壞，白碧華受不了委屈，又跟他分手。」

「葛導演有沒有再去找她？」

「葛導演沒有找她；倒是她託人帶了個口信給葛導演，表示有意跟他重修舊好。」

「葛導演怎樣表示？」

「和他的名作《深閨疑雲》一樣，居然來了一個驚奇的結尾，不但拒絕了白碧華的美意，抑且故意同另外一位新進的女明星接近，以示報復。」

「這位新進的女明星是誰？」

丁桃並不答覆我的問題，只是露齒微笑了。我不禁喟歎一聲，說：「電影圈裏的男女們，也許是因為整天幹着戲劇工作的關係，竟把現實生活也視作戲劇了。」

丁桃聽了我的話，正正臉色，說：「那也不能一概而論。」

談到這裏，我覺得有轉換話題的必要了。僕歐端來咖喱雞，我就將在馬來亞時的吃咖喱的經驗講給她聽。

丁桃聳聳肩，顯然覺得這個話題太乏趣味，舉起酒杯，要我喝下後陪她下池去跳舞。

我們一連跳了三隻舞，丁桃嬌喘吁吁地回到座位，看看錶，說是時間已不早，該走了。我吩咐僕歐埋單，付了賬，跟在她後面走出去。丁桃很有禮貌的走到葛導演面前，跟他握手道別，葛導演見到風華絕代的丁桃，笑得見牙不見眼。

走出沙田酒店，仍由丁桃駕車。夜已深，車子在彎彎曲曲的山路上疾駛，別有一番情趣。丁桃問我：「快樂不？」我點點頭。她向我要煙，我掏出煙盒，遞一支給她。

這時四周一片漆黑。只有兩盞車頭燈像銀的流蘇一般照着公路。車廂內並未開燈，很黑，丁桃每吸一口煙，煙頭上的火就亮一亮，憑藉這一點光華，我貪婪地端詳她的面容。她很美，有着一種驚人的明艷。

一路上，誰也不說話。回到尖沙咀，已是深夜過後。丁桃邀我到她家去喝杯酒，我說：「昨晚大家沒有睡好，明天你又要到澳門去拍外景，還是早些睡吧，現在已經不很早了。」她聽了我的話，點點頭，繼續駕車送我到九龍倉碼頭。分手時，她露了一個嫵媚的笑容。

回到家裏，我已相當疲憊，倒在床上，一合眼，立刻沉沉入睡。醒來，已是第二天中午。盥洗過後，打個電話給丁桃。丁桃不在，工人說：「到攝影場去了。」我問：「今天去不去澳門？」工人說：「三點鐘上船。」

我本來有意到碼頭送行的，後來一想，外景隊人多嘴雜，我若前去送行，也許對丁桃有所不便。

三天過後，我收到了丁桃從澳門寄來的信。在信中，她說：

——「天公不作美，來澳後一直落雨，外景隊的工作陷於停頓狀態，工作人員都到『中央酒店』賭錢去了。我不喜歡賭錢，只好悶在酒店裏。看樣子，我們最少還要在澳門耽十天。煩死了，恨不得立刻回港。拍外景就是這麼一回事，逢到落雨的日子，連導演都發不出威。不知道你能不能向報館請幾天假到澳門來玩一下？澳門雖小，但是對於一個久居香港的人，也能產生一些新鮮感的，如果你決定來的話，先寫封信給我，如果你決定不來，也寫封信給我。我住在利為旅酒店。」

讀完這封信，我心裏高興極了，丁桃雖然與我結識不久，但是她竟如此真誠。我是一個窮編輯，她當然對我不會有所貪圖，唯其如此，我才覺得這份友誼的可貴了。我頗有意到澳門去轉一圈，但是轉念一想，報館方面最近走了兩位編輯，正感人手缺乏，我若請幾天假的話，社方一定對我不滿。為了這個緣故，我只好寫信拒絕丁桃的邀請。在信中，我這樣寫：

——「很想到澳門來看你，只因報館方面人手太少，一時抽不出空，唯有希望澳門的天氣早日放晴了。」

信寫好後，立即拿到樓下去擲入郵筒。一經寄出，我又後悔了。丁桃在信中主動地邀請我到澳門去，我應該接受的，而事實上，我也無時無刻不在思念丁桃。至於報館的事，雖說人手少，總還有辦法可以對付的。

我因此有了一個失眠之夜。第二天早晨，一起身，就決定到澳門去走一趟。我寫了一張請假條子，說是「突有要事，必須赴澳，擬請假三日」。

我飭人將請假條送往報館，然後拿了身份證和兩張照片到移民局去領取回港證。

領證的人不多，且手續簡便。從移民局出來，剛好中午十二點，馬上僱車回家，匆匆拿了一些襯衫牙刷之類的輕便行李，趕到德星碼頭去購買船票。

船票在手，距離開船的時間還有一個多鐘頭，肚子有點餓，走到「蘭香閣」去飲茶。

三點一刻上船，抵達澳門，八點不到，天色盡黑，我搭乘三輪車前往「利為旅酒店」。

我懷着非常愉快的心情走進「利為旅」，問職員，才知道丁桃住在一〇三號房。

走到房門口，我蜷曲手指，輕輕叩了幾下。沒有回音。我又叩了幾下，裏邊傳出丁桃的聲音：

「誰呀？」

「我。」

「等一等。」

我在門外等了五分鐘左右，房門終於啟開了。

見到我時，她受驚地叫起來：

「是你？」

我微笑着點點頭。

她蹙着眉尖，問：「早晨接到你從香港寄來的信，說你不打算來了。」

「是的，不過信寄出後，我又後悔了。經過一夜的失眠，我決定到這裏來看你一次。」

「那末，報館方面肯准你請假嗎？」

我正要答話時，房內忽然傳出一個男人的聲音：「丁桃，你在跟誰說話？」

我乘機用手將門推開，發現沙發上坐着一個男人。

我當即挪步入房，只管貪婪地凝視那個男人。丁桃則站在中間，先是露了一個尷尬的笑容，介紹我們相識。丁桃說那個男人姓吳，名叫吳傑，是公司的場記。

經過介紹後，丁桃按鈴，吩咐夥計拿三杯咖啡來。吳傑狠狠地對我盯了一眼，說是另有他事，連咖啡都不想吃了。

吳傑走後，丁桃笑嘻嘻地向我解釋：「電影圈裏的工作人員多數是這樣吊兒郎當的，不拘小節。」

我不作聲。

丁桃遞一支煙給我，扭亮打火機，替我點上煙，然後自己也點上一支，她邊吸煙，邊說：

「吳傑人品相當好，跟我很談得來。剛才，別的同事都到『中央』去賭錢了，他不想賭，這裏沒有別人，所以走來跟我聊天。」

「聊天？」我嗤鼻冷笑一下。

聽了我的話，丁桃也火了，兩頰脹得如同初升的太陽一般紅，跺跺腳，大聲咆哮起來：

「隨便你怎樣想好了！」

想不到丁桃竟會用這樣的態度對待我，一撮怒火立刻在我心中熊熊燃起，我再也不能壓制內心的激盪了，扁扁嘴，猛一轉身，退了出來。

我聽到丁桃在房內叫我，但我已怒不可遏，猶如一匹脫韁的馬，匆匆離開「利為旅酒店」。

時為九點半，我提着旅行袋，僱一輛三輪車，逕往輪船公司購買當晚回港的船票。我非常生氣，情緒激盪得無可遏制，滿腔憤恚，恨不得立刻離開澳門。但是輪船要到半夜兩點半才開行，這中間還有五個鐘頭。我沒有吃晚飯，肚裏倒也並不覺得飢餓。一種前之未有的消極感使我萬念俱灰，沒有別的祈求，只想找個地方喝點酒。於是垂頭喪氣地走入「金門餐室」，揀個角隅處的座位，坐下，向夥計要一杯威士忌。

我的心緒煩亂極了，呆呆地坐在那裏，極力想忘掉丁桃，但是丁桃的容顏老在我的腦海裏迴縈。想到我與丁桃的關係，總覺得這件事的開始未免太倉促。她對我有好感，似乎是不成問題的；但是她是一個演戲的女人，少不免要將現實生活當作戲來對付。銀幕上的她不會有真感情，現實生活中的她也不會有真感情，兩者之間，看來不會有多大差別。

因此，我憬悟出一個道理來了，認為在現實生活給丁桃當一名不重要的配角，實在是一件非常愚蠢的事。

我在「金門餐室」足足坐了三個多鐘點，反覆思量自己與丁桃的關係，愈想愈覺得可笑。

看看錶：一點半。我吩咐夥計埋單，付了錢，走出「金門」。我喝了好幾杯酒，雖然沒有醉，但也覺得有些頭暈了。

抵達碼頭，上船。我買的「唐餐樓」，有床可睡，因此就躺在床上沉沉睡去。睡後，做一個夢，夢見了丁桃與吳傑在一起，氣極。醒來，輪船已到香港。一骨碌翻身下床，覺得有些頭重腳輕，提了旅行袋，上岸。

回到家裏，心裏說不出有一種甚麼感覺，彷彿有一把小刀子在裏邊亂攪，難受得很。我自問對於感情上的事素來小心，要不然，也不會到現在還沒有一個比較接近的女朋友。但是結識丁桃後，明知事情的不可能，卻會在短短的幾日中，付出了最真摯的情感。

我靜不下心來做工，甚至連茶飯都不思。我知道這樣下去，不但對報館的工作不能做好，抑且會影響到自己的健康。我一再警告自己，可是腦海中總不能將丁桃的影子移開。

這不是一個好現象，我必須設法控制自己的情感。當天晚上，我就到報館去銷假，同事見到我，頗感詫異。我只管埋頭工作，沒有說出理由。

4

一個星期過後，當我的情緒漸次恢復正常時，忽然收到丁桃從澳門寄來的信。信上這樣說：

——「上次的事，是我說錯了話，請你原諒我。我們相識雖不久，但是你的真誠卻使我大受感動。我承認我是一個演戲的女人，然而我決不會在你面前演戲的，要不然的話，我又何必寫這封信向你道歉呢？這幾天，工作特別緊張，直到今天才能抽出空來寫這封短信給你，希望你有空的話，也覆我一信。」

讀完這封信，我那漸次平靜的心情忽然又掀起波瀾。丁桃是個正在竄紅期的電影明星，居然放棄了驕矜和傲岸，來信向我道歉了。憑此一端，我就沒有理由再懷疑她的真誠了。於是，我立刻覆了她一封信，承認自己太衝動，得罪了她，希望她能忘掉這件事。

過了兩天，丁桃又來信：

——「外景大致已拍完，只賸兩個鏡頭，全隊人馬決於明天下午三點乘船返港。當你收到這封信時，我可能已經回到家裏了。你肯不肯打個電話來？」

這封信給我的喜悅實非筆墨所能描摹，我立即打了電話給丁桃，果然聽到了她的聲音：

「我剛到，」她說，「有空嗎？到我家裏來喝杯酒！」

「好的，我馬上就來。」

於是匆匆穿上衣服，前往灣仔碼頭過海，抵達佐頓道，僱車去丁桃處。丁桃見到我，高興得如同剛下蛋的母雞，一開口便是：

「無戲一身輕，今晚我們玩個痛快罷！」

「不，我還要到報館去工作。」

「工作，工作，討厭的工作！你不能請一兩天假嗎？」

「請假太多，一定會引起報館當局的不滿。」

「不滿又怎樣？」

「話不是這樣說的，吃人家飯，總不能太隨便。」

「不行，今晚你一定要陪我玩個痛快！」

沒有辦法，只好打個電話到報館去請假，接電話的恰巧是總編輯，雖然准我所請，但是言詞之間，似乎對我頗表不滿。我明知編輯部人手太少，可也不願意掃丁桃的興。當天晚上，我們到「新雅酒樓」去吃飯。丁桃興致特別好，喝了不少酒，講了許多關於自己的「過去」給我聽。她說她讀書時成績非常優秀，父親有意讓她繼續升學，她自己卻信賴自己的美麗。父親患病逝世後，升學的打算取消了。這時候，有家電影公司招考演員，她自信可被錄取，結果果然被錄取了。起先，她以為當電影明星之後可以名利雙收，如今，才發現完全不是這麼一回事。她說：

「合同期滿後，我有兩個打算。」

「甚麼？」

「嫁人或者自費拍片。」

「如果決定結婚的話，銀幕生命可能因此結束。」

丁桃笑笑，說：「如果能夠嫁個好丈夫的話，即使結束銀幕生活，也沒有甚麼可惜。」

談話至此，我終於看到了真正的丁桃。在這之前，我認識的只是銀幕上的丁桃，看似真實，卻不過是一個影子而已。現在則不同了，她是一個活生生的女人，有血，有肉，有情感。和別的女人一樣，她也渴望有個甜蜜的家。這是向上的想法，對於我，則是一種積極的鼓勵。這時，樂隊演奏〈愛情是一樣多采多姿的東西〉，我邀她下池。

我知道我已墮入情網，同時感到了前所未有的愉快。我當然希望能夠與丁桃結婚的，但是事實上，存在着不少困難。首先，我是一個受薪的小職員，收入不多，怎樣也不能滿足丁桃的物質慾；其次丁桃似乎還無法擺脫惡劣的環境；最後，丁桃整天在男人堆中廝混，將來是否能夠做個賢妻良母，也是相當成問題的……這些困難，如果無法克服的話，長此下去，將來必難產生好結果。我因此有了戒心，極力壓制着自己，不讓感情太過奔放。丁桃的情形恰恰相反，她從未理智地考慮這件事。

丁桃的工作時間完全沒有規定，有時候白天拍戲，有時候拍通宵，有時候甚全日夜都得不到休息。為了這個緣故，只要丁桃一有空，我就得陪她遊樂。丁桃非常喜愛夜生活，而我又是一個夜間工作者，我不能經常向報館請假，因此丁桃對我很不滿意。有一次，她竟坦白向我提出這樣一個問題：

「為甚麼不把那份工作辭掉？」

「不行，我絕對不能這樣做。」

「為甚麼？」

「因為我除了編報以外，別的工作一樣都不會。」

「你在報館一個月可以拿多少錢薪水？」

「四百。」

「這麼少？」

「另外還有一點稿費，加起來不到六百。」

「為了四百塊錢，你寧可讓我一個人寂寞地耽在家裏？」

「我當然不願意的。」

「那末，你應該立刻辭職！」

話雖如此，我並沒有依照丁桃的意思去做。我認為一個人決不可游手好閒，薪金多少是另外一件事，工作可以維持生活，也可以維持自尊，所以非做不可。

丁桃覺得我不肯接受她的意見，開始對我有所不滿了，常常憑藉一些不成其為理由的理由，故意裝出跟我疏遠的樣子。

我曾經冷靜地考慮過辭職的問題，總覺得沒有必要這樣做。丁桃很生氣，常在我面前說些刺耳的話語。有一天下午，我們在「格蘭」飲茶，丁桃又提到這個問題，我說我不願意做一個無所事事的男人。丁桃聽了，霍然站起，悻悻然的走了出去。我本想追上前去跟她解釋，又覺得她的固執完全是莫須有的，因此，付了茶錢，也就廢然回家。

回家後，我心緒非常不寧，想不出應該怎樣處理這弄尷尬了的局面。我不能打電話向丁桃道歉，因為我知道這不是道歉可以解決的事。她要我辭職不幹，所以除非依從她的話，就無法使她滿意。但是，我卻不願意變成一個無業游民。

往後的幾天中，我每一次打電話給丁桃，丁家的工人總說丁桃不在家；有時候，我特地過去找她，也見不到她。

我陷入了極大的困惱，心煩意亂，精神無所寄屬，腦子亂得很。為了使自己的情緒恢復寧靜，為了驅除內心的煩悶，我終於提起筆來，寫了一封簡短的信給她，求她給我一個解釋的機會。

丁桃覆我一信，只有一句話：「任何解釋盡屬多餘！」

我氣極了，認為丁桃沒有理由用這樣的態度對待我。她的驕矜，使我開始對她產生了惡感。我決定將她忘掉，集中精神在工作上面。

不料，就在收到丁桃覆信的晚上，我到報館去上班，剛走進大門，傳達就交給我一封信。

此信是總編輯寫給我的，說我最近標題常有錯誤，且請假太多，影響了同事間的工作情緒。

讀完這封信，我心裏異常納悶，彷彿給誰當胸捶了一拳似的，立刻撥轉身，走出報館。

我悃然無目的地沿着長街行走，走到電車路，跳上駛往屈地街的電車，買了票，卻不知道到甚麼地方去。

車抵雪廠街，下車，徐步走向天星碼頭，搭上渡輪。坐在渡輪上，將總編輯的信掏出來，重新閱讀一遍，覺得總編輯的措辭未免太嚴厲了一點，如果繼續再做卜去的話，終將遭受更大的委屈。因此，就決定辭職了，一方面可以滿足丁桃的心意，另一方面為了維持一己的自尊。

我在尖沙咀的一間士多借打一個電話給總編輯，說我健康情形欠佳，決定辭職不幹了。總編輯聞聽，以為我接到他的信件之後引起了誤會，連忙向我解釋，表示信內所言絕無惡意，希望我打消辭意。我說我身體太壞，必須休養一個時期，總編輯又作了許多解釋，但是我將電話掛斷了。

走出士多，我心境非常沉重，想喝酒，又想把這件事的經過告訴丁桃，恰巧有一輛空的士經過，我立刻揮手招停，坐入車廂，前往丁桃處。

我已經有很多天沒有到丁桃的寓所了，工人見到我，僅將大門拉開一條縫，用自己的身體擋住門口。

「丁小姐不在家。」她說。

「沒有關係，我可以等。」

「但是……」

她沒有將話語說出，我就用力一推，大踏步的走了進去。工人慌張極了，跌跌撞撞地走過來，說是丁小姐關照過的，誰也不能進來，要求我立刻退出去。我不肯。她就跟我大聲爭吵了。

正在爭吵間，丁桃忽然從裏邊走出來，一見我，立刻板起面孔，問：

「你來做甚麼！」

我本想將辭職的經過告訴她的，但是見她態度惡劣，索性改用調侃的口氣，說：

「想來找你陪我喝幾杯酒。」

「對不起，我沒有喝酒的興致。」

「但是我有。」

「那末，請你到酒樓去喝罷。」

「你陪我一起去？」

「我沒有空。」

「既然沒有空，就在這裏喝幾杯也好。」

「我不喝！」

「我一定要喝！」

就在這時候，裏邊忽然走出一個男人來了，悻悻然的走到我面前，用裂帛似的聲音問我：

「你吵甚麼？」

我瞪目對他打量，覺得此人似甚相識又極陌生，仔細一想，才確定這個傢伙就是雨夜跟丁桃在街頭吵架的周某。我心裏更加惱怒了，尤其是看到周某那種囂張跋扈的神氣，恨不得摑他兩個巴掌。但是，我沒有這樣做。我認為因丁桃的冷淡而遷怒周某，實在是不合理的。於是憤然轉身，一言不發，低着頭，朝外急走。走到大門口，周某哈哈大笑了，笑聲裏含有勝利的意味。

離開丁家，心裏悶得快要爆炸了，想不到丁桃竟是這樣一個女人，喜歡將別人的感情當作戰利品來接收。她曾經告訴過我，她跟周某之間只有普通的友誼，如今看來，丁桃的話語卻是這樣的不可靠。

我恨她，但又無時無刻不在想念她。明知丁桃的私生活並不嚴肅；明知丁桃對我並未付出真摯的感情；可是總不能將她完全忘掉，唯其如此，我才陷入了最大的困擾。

5

我百無聊賴地沿着彌敦道行走，經過一家小舞廳門口，忽然想用金錢去購買愛情了，因此就走了進去。僕歐扭亮小小的手電筒，帶我去到一個角隅處的座位。坐定後，大班走來，問我：「有沒有相熟的小姐？」我搖搖頭，說：「沒有。」他立即用興奮的口氣對我說：「介紹一位剛剛下海的新人給你，包你滿意！」我點點頭，他立刻撥轉身。一會，堆了一臉阿諛的笑容，領了一個身材修長的女人走來，說：「這位是黎芬妮小姐。」我站起身，她就坐在我身旁。

舞廳的光線實在太暗，我幾乎完全看不清黎芬妮的面目，但是從她的談吐裏，我發現她不很俗氣。

「大班說你下海不久？」我問。

「上個星期才開始做的。」

「不甘寂寞？」

「耐不住飢餓。」

這樣的回答坦白得叫人喜愛，我倒暫時將對丁桃的思念拋開一邊了。我買了二十個鐘，帶黎芬妮到「香檳酒樓」去喝酒。

抵達「香檳酒樓」，我向夥計要了威士忌。黎芬妮說她不會喝酒，我勸她試一試，她也不反對。

單從這件小事看來，黎芬妮顯然是一個直爽的女子，不矯作，不虛假，同時也沒有沾上一般舞女的惡習。我頗為自己慶幸，能夠在這個時候結識像她這樣的一個女人。

她長得不算太美，但是相當甜，一對又大又黑的眸子，老是閃呀閃的，叫人多看了，會止不住心的怔忡。她的嘴巴，含嬌帶俏，搽着淡杏黃的唇膏，具有一種脫俗的嫵媚。

當樂隊演奏〈尋找一顆星〉時，我邀她共舞。她的舞步很生疏，證明大班說的話並非子虛。我問她：

「家裏還有些甚麼人？」

「父母都在，此外還有兩個弟弟和一個妹妹。」

「家庭負擔很重？」

「所以只好出來做舞女。」

「令尊有工作嗎？」

「他年紀大了，過去在國內做過省政府的秘書長，日子過得相當舒適，來到香港後，一直鬱鬱不得志，成天借酒澆愁，始終無法振作起來。」

「弟妹們有沒有上學？」

「學費太貴，父親又沒有收入，所以除了大弟弟外，其餘的兩個都沒有上學。」

「這怎麼可以？」

「但是又有甚麼辦法呢！」

談話至此，我不但對她發生了極大的好感，抑且對她的處境和遭遇都很同情。我想：像她這樣溫謹純真的女人實在不適宜於做舞女的。但是，黎芬妮自己倒不感到遺憾。她說：

「環境的惡劣是一項事實，即使不願意，也非接受不可。我並不願拋頭露面，只因忍受不了飢餓的煎熬，就得將惡劣的環境當作事實來接受。」

「你有沒有想到……」

「想到甚麼？」

「在舞廳裏必定會遇到各色各種的男人，其中有一部分是善良的，但是另一部分卻未必善良。」

「我知道。」

「那末，你不怕被人欺侮？」

「我既已下了最大的決心，當然是準備被人欺侮的。」

「但是你還年輕，總不能因此而毀滅自己的前途。」

她笑笑，用一種不很認真的態度說：「被人欺侮總比餓死好。」

談到這裏，我對自己也不免懷疑起來了。我是為了丁桃而到舞廳去找刺激的，結果花了錢，卻愚騃地去分擔別人的憂愁了。其實，大凡下海做舞女的，多數因為受不了環境的逼迫，我若心腸太軟的話，根本就不應該到舞廳去購買廉價的愛情。黎芬妮雖然溫謹純真，但是終歸是個舞女。她若連自己都救不了自己，我又何必為她的遭遇而感到憂愁。我已經花了錢，就得找回些代價，否則，無異自尋煩惱。想到這一層，我又向僕歐要了一杯威士忌。黎芬妮的性格確是相當柔和，見我一味傾飲，以為我對酒液有着特殊的愛好，為了迎合我的趣味，也喝了不少。

當酒樓快打烊的時候，我已有七分醉意。我的內心產生了無法統一的矛盾，一方面憎恨丁桃，另一方面卻希望麻醉自己……

我心裏因此掀起一陣波瀾，但是愛情並未闖入。我清楚自己的感受，所以知道決非再度墜入情網。愛情是不可分割的，我決不可能愛了一個人，同時又愛第二個。對於我，黎芬妮的感情不過是一種藥物而已。這藥物沖淡了我的痛苦，卻沒有給我快樂。

想起丁桃，心似刀割。想起黎芬妮，我覺得這小小的喜劇多少帶點諷刺性。

我終於從夢境走回現實。報館的工作已辭去；生活雖然還不至於立刻成問題，但是終日無所事事，究竟不是一個辦法。我開始追悔於自己的太過衝動，不應該辭去報館的工作；然而追悔並不能產生任何力量，我必須忘掉丁桃以及因丁桃而引起的煩惱。

第二天下午，我去看了幾個朋友，將自己的情形告訴他們，希望他們能夠幫我找一份工作。朋友們並不知道我與丁桃的關係，只以為我跟總編輯的關係搞得不好，所以很同情我。

天黑時，應該回家去了，但是不想回。我的心緒十分紛亂，腦子裏老是想着丁桃。走到天星碼頭，擠在人群中踏上渡海小輪，抵達尖沙咀，自然而然走到丁家樓下，抬頭望了望格子籠一般的窗戶，找到丁桃住的那一個，看不清甚麼，卻又沒有勇氣走上去。我渴望跟丁桃見一次面，準備將自己辭職的情形告訴她；但是我竟趦趄在街邊，怯然不敢向前。我的心緒煩到了極點，立刻僱一輛的士，到舞廳去找黎芬妮。

黎芬妮穿着一襲紫色的旗袍，很美，美若盛開的紫羅蘭。見到我時，她說：

「我以為你不會來找我了。」

「為甚麼？」

「因為聽別人說，常跑舞廳的舞客，沒有感情。」

「但是，我並沒有將你當作舞女，同時也希望你不要將我當作一個舞客。」

「那末，你要我將你當作誰看呢？」

「你的朋友。」

「朋友？」黎芬妮忽然縱聲大笑了，邊笑邊說：「舞廳裏哪裏會有友情？」

「如果你這樣想的話，那末，乾脆將我當作你的愛人吧。」

黎芬妮笑不可仰了。

我問她：「為甚麼發笑？」

她說：「你真有趣，否則的話，昨天晚上我也不會喝那麼多的酒了。」

「你後悔嗎？」

她驀地斂住笑容，一本正經地對我說：「跳一隻舞吧！」於是，我們離開座位，走入舞池。這是一隻黑燈舞，大家彷彿在黑森林中迷失了路途。我低聲悄語地問她：

「你後悔嗎？」

「我知道我不會看錯人。」

一曲終了，回到座位。黎芬妮問了我很多問題。諸如我的學歷、身世、職業等等，我隨便敷衍了幾句，最後告訴她：

「我本來是一間報館的編輯，但是昨天晚上我向社方辭職了。」

「何怪你昨晚喝了這麼多酒，原來有意借酒澆愁。」

我正要開口時，舞女大班走來叫黎芬妮轉枱了。黎芬妮站起身，回過頭來輕輕對我說：「不要走，茶舞散場，我請你到『愛皮西』去吃俄國大餐。」我點點頭，她婀婀娜娜地走到另外一枱去了。

我兀自百無聊賴地坐在黑暗中，想着丁桃以及那個姓周的有錢人。

等到茶舞散場，黎芬妮婀婀娜娜的走過來，笑容煥發，神情相當愉快，幽幽地說了兩個字：「走吧！」

華燈初上的彌敦道，別有一番情致，坐在的士裏，但見一片彩色的「霓虹叢林」。走進「愛皮西」，我們揀了一個卡位，黎芬妮向夥計要了「鮑許」與「烤小豬」，我要了一隻燒童雞。

「喝不喝酒？」她問。

「不想喝。」

「是不是怕喝醉。」

「請你別這麼說。」

「為甚麼？」

「因為……」

我沒有把理由說出來，但是她已有會於心地點點頭。她說：「後悔並不能產生任何力量，你又何必感到內疚？」

黎芬妮就是這樣一個可愛的女孩子，達觀，堅定，性格明朗，對任何事物都有自己的看法。我雖然跟她相識才不過兩天，但是她給我的印象卻非常深刻。

6

作為治療創傷的藥物，黎芬妮的真誠並沒有使我忘掉丁桃。相反地，我對丁桃的思念依舊相當殷切。從表面上看來，這種情形顯然是不合邏輯的；然而愛情就是這樣一種玄妙的東西，無理可喻，同時充滿了神秘。我承認黎芬妮已對我付出真摯的感情，但是使我傾心着迷的卻是丁桃。明知丁桃是個演戲的女人，我卻願意在虛偽中捕捉真實。

我喜歡黎芬妮，只是不能愛她。事實上「喜歡」與「愛」是兩種完全不同的感情。另一方面，我雖然憎恨丁桃，可是一直念念不忘地想着她。當我跟黎芬妮在一起的時候，我尚且常常想到丁桃；當我不跟黎芬妮在一起的時候，情形當然更糟。我不明白這究竟是甚麼道理，無法用自己的睿智解釋這件事。

每一次見到刊有丁桃照片的畫報，我一定出錢購買；然後將她的照片剪下來，貼在相簿上，等到空閒的時候，拿出來翻閱。我不能了解自己的心理：竟在極度矛盾的苦悶中，癡癡的暗戀着一個為我所恨的女人。

有一天，落雨，我過海去找黎芬妮，在渡輪上遇到丁桃。

丁桃見到我時，立刻露了一個嫵媚的笑容。我走過去，與她並排坐在一起。

她說：

「很久不見你了，為甚麼連電話都不打給我？是不是很忙？」

「不瞞你說，最近沒有片拍，倒是很空的。」

「報館的工作沒有以前繁重？」

「我根本不在報館做工了！」

丁桃一聽，眼睛鼓得很大很大，隔了半晌，才問：「為甚麼不告訴我？」

這問話雖無挖苦意味，但像一支箭般，直射我心，痛得很。我強自鎮定，極不自然地笑笑：

「那天晚上，我過海來到九龍，先向尖沙咀一間士多借打電話給報館的總編輯，說我健康情形欠佳，決定辭職不幹了。然後，我僱車到你處，想把這件事情告訴你，不料撞見了那個姓周的，心內一氣，退了出來。」

丁桃若有所悟地「哦」了一聲，說：「早知道你已辭職，這兩天就不必這樣悶了。」

「不拍戲？」

「一部名叫《春江花月夜》的歌舞片剛殺青，新戲的劇本正在審閱中。」

「還是你比較舒服，辛苦了一陣，總有幾天休息。」

「你找到工作沒有？」

「沒有。」

「那末，今天晚上一定可以陪我玩個痛快了？」

「為甚麼不找那個姓周的來陪你？」

丁桃笑了，說我不但善妒，而且小器。這時，渡輪抵達九龍，我們一同走出碼頭。丁桃將雨傘交給我，齊步走向停車場。坐上車子，仍由丁桃駕駛。丁桃說：「先回去沖個涼，休息一下，然後到『樂宮』去看七點半一場的電影，看完電影到『華爾登』去吃飯。」

這些節目全是丁桃安排的，看來丁桃的心情相當愉快。「樂宮」放映文藝片，是悲劇，丁桃受了劇情的感動，流了淚水。看完電影，雨勢轉勁。丁桃駕車，前往「華爾登」進餐。這一晚，「華爾登」的食客並不多，大概是因為落雨的關係。我們揀了一個角隅的座位，相對而坐。我們已經很久沒有在一起遊樂了，彼此都有很多話要說。丁桃對於自己的新作頗有信心，她說：

「這部《春江花月夜》雖然是歌舞片，卻是我從影以來最滿意的一部。正因為是這樣，我倒希望能夠獲得新聞界的支持。」

「你希望與新聞界取得聯絡？」

「是的。」

「這是宣傳部的努力，何必要你自己操心？」

「單靠宣傳部的努力，似乎還嫌不足。」

「所以你想加強一些？」

「我想請你幫我一次忙，代我邀請各報的『娛樂版』編輯吃一頓飯。你在報界這麼多年了，這一件小事當然容易辦到。」

「新聞界的朋友倒也不少。」

「你已辭去報館的工作，正空閒着，不妨幫我做點事吧。」

「好的。」

「還有，關於你自己的工作問題，我倒有一個主意。」

「甚麼？」

丁桃取出煙盒，慢條斯理地點上一支，然後把話語從煙霧中吐出：

「為甚麼不自己辦一個刊物？」

「辦刊物需要一筆資本。」

「聽說辦一本雜誌並不需要太多的錢。」

「最少也要有兩萬塊在手上。」

「兩萬塊？」

「一萬作為登記的保證金，另外一萬是流動資金。」

「登記的事，只要有辦法，倒是不難解決的；至於那筆流動資金，數目不算大，以你交友之廣，總可以設法籌到。」

聽口氣，丁桃對於辦雜誌的事倒也並不外行，因此引起了我的好奇，忙問：

「你覺得應該辦怎麼樣的雜誌比較好？」

「如果純粹為了賺錢，就該辦一本娛樂性的刊物。」

「為甚麼？」

「因為容易被一般人所接受。」

我不再作聲，點燃一支煙，裝作欣賞樂隊奏出的音樂，實際卻在反覆思量丁桃的建議。以目前我的處境來說，既然一時找不到合適的工作，那末向朋友挪借一筆錢來，自己辦一本雜誌，未始不是一條出路。丁桃轉出這個念頭，使我驟然產生了一個新希望，情緒突然轉佳。我有意喝點酒了，為了慶祝情愛的重歸。說實話，這些日子雖然有黎芬妮陪着我，但是心情一直是悶懨懨的，只有現在，跟丁桃在一起的時候，我才真正的感到了快樂。

我們喝酒，跳舞，談笑，把所有的煩惱全部拋開。外邊的風雨愈來愈大，但是裏邊卻若仙境一般，酒，歌，女人，加上詩一般的情致，畫一般的氣氛，我再也分不清夢境與現實了。

午夜時分，我們離開「華爾登」。雨似傾盆，坐在車廂裏，彷彿與這個世界完全隔絕了。丁桃大概已經有了幾分醉意，一邊駕車，一邊興奮地哼着〈偉大的偽裝者〉。如果不是因為她的技術相當熟練，在這樣的天氣駕車，且喝了些酒，實在是一件危險的事情，幸而，「華爾登」離開市區很近，不多一會，就回到尖沙咀。我說：

「我要過海去了，還來得及趕上渡輪。」

丁桃聽了我的話，臉一沉，佯嗔薄怒地說：「我們已經很久沒有在一起了，陪我上樓去，再喝幾杯！」我正躊躇間，她又加上一句：「反正你明天也沒有甚麼事要做。」

上樓後，我們繼續傾飲。丁桃似乎酒興大發，喝了不少下肚；我不願掃她的興，也喝了好幾杯。深夜將盡時，我神志已模糊。

7

第二天下午，我約了知友邱世英在「告羅士打」見面。世英在此間一家銷路極廣的日報館供職，為人和藹可親，交友極廣，是一個所謂「有辦法」的人。當我將辦雜誌的意思告訴他時，他不但極力贊助我的計劃，抑且答應幫助我籌借經費。我非常感激他，同時對於創辦雜誌的事驟然增加了不少信心。

獲得邱世英的鼓勵後，我積極籌備雜誌登記的事宜。

有一位朋友聽說我要辦刊物，自動走來找我，說他有一張登記證，因為中途失去了興趣，一直沒有出版，如果我決定要辦雜誌的話，可以借給我用，條件是：我給他一個名義，每月送他兩百塊錢車馬費。我考慮一下，認為條件並不算苛，所以就答應了。

登記的事宜解決。我立刻去找邱世英，希望他馬上替我想辦法，以便雜誌能夠早日問世。邱世英與我交情不壞，知道我暫時沒有工作，所以立刻簽了一張兩千元的支票給我，說：

「這兩千元你拿去，作為開辦費，其餘八千元我替你到別的地方去想辦法，說不定要出一點利息。」

「那是當然的事。」

於是，我就興奮地過海去找丁桃，將籌備的經過情形告訴她。丁桃聽了，非常高興，說是自己辦雜誌，總比吃人家的飯好。但是我有點擔心，唯恐雜誌出版後銷路不好。丁桃極力安慰我，認為以目前的市場來看，除了武俠小說和兒童讀物外就算電影雜誌了，只要拿得出貨色，絕對不會虧本。

想不到丁桃對出版界的情形居然也如此熟悉，使我不得不為她的見廣識多而感到驚奇。

之後，我忙於籌款，集稿，編輯，不但沒有時間去找芬妮，甚至連丁桃也很少見面了。

邱世英很有信用，替我借到八千元，毋需抵押，但是必須每月納四百元利息。

換一句話說：出版這本電影雜誌，我得每個月拿出六百元利息。這不能不算是一個相當重的負擔。

經過一個多月的埋頭苦幹，「創刊號」終於出版了。封面當然是丁桃的近影，柯式精印，特別鮮麗奪目。我很興奮，拿到樣本，立刻過海去找丁桃。

抵達丁桃處，發現客廳裏有一個皮膚黧黑而頭髮鬈曲的青年。丁桃跟我介紹，說他是菲律賓的華僑，姓陳，名叫大發。

我當即將樣本交給丁桃。丁桃看到自己的彩色照片，高興得手舞足蹈。然後，我請她翻閱內文，原來除了封面外，我還替她寫了一篇「特寫」，配以圖片，不但精編精排，抑且彩紙印刷。丁桃看了，喜不自勝，立即將我拉到後邊，悄悄地對我說：

「我本來應該陪你出去玩個痛快的，慶祝雜誌的成功；但是這個陳大發剛從菲律賓來，約好今天陪他去遊新界的，不好意思推辭，所以……」

我不等她將話語講完，立刻沒好聲氣地反問她：

「何必應酬這種人？」

可是丁桃卻說：「他很有錢，最少有千萬身家，跟他聯絡一下，將來對我自費拍片的計劃會有很大的幫助。」

「但是，你跟公司的合約還沒有期滿。」

「所以我說是將來。」

既然這樣，我也不便勉強她了。喝了半杯咖啡，離開丁家。走到街上，忽然有了惘惘然莫知所從的感覺。這些日子，為了忙於搞雜誌，一直沒有找過黎芬妮。今天「創刊號」的樣本已釘好，無事可做，不如走去看她一次。

芬妮見到我，立刻板起面孔，悻悻然的問我：

「為甚麼這麼多天不來看我？」

經她一問，只好將辦雜誌的經過情形告訴她。芬妮聽了，不但忿氣盡消，抑且轉怒為喜，十分誠懇地預祝我事業成功。她說：「我很替你高興！」於是我們又在一起痛快地玩了一晚。芬妮因為要陪我，特地打了電話到舞廳去，說是客人購買全鐘，其實是自己掏腰包。她就是這樣一位溫謹而又好心的女人，雖然過的是迷醉的生活，但是不矯飾、不虛偽，始終保持着品性的敦厚，這就非常難能可貴了。我不能不承認對芬妮極有好感，但是這一份好感並沒有開花結果。我喜歡她，卻並不愛她。當我跟她在一起的時候，我卻不斷地思念着丁桃。芬妮也看出這一點，問我：「有甚麼心事嗎？」我搖搖頭：「沒有甚麼。」其實，我知道我的心已經被丁桃竊去了。

第二天，我很早就起身，沒有吃早餐，匆匆趕到印刷所，吩咐他們將已經裝釘好的雜誌立即車到中環去，交給總代理。然後到幾家報館去發消息與登廣告。中午時分，打了一個電話給丁桃，問她有沒有興致出來飲一次茶，她說好的，約我一點鐘在「大華」見面。

中午在中區飲茶，食客特別多，找座位，不是一件容易的事。幸而我去得早，總算佔到了一個靠近玻璃窗的方格。

丁桃準時而到，含笑盈盈，穿着一件紫色的旗袍，很美，吸引了不少食客的目光。

「昨晚玩到幾點？」我問。

她打開手袋，取出一支煙來，點上火，慢條斯理地說：「兩點。」

「兩點以後呢？」

丁桃忽然格格作笑起來，笑了一陣，說：「你瞧你，問得多麼仔細？」給她這麼一說，我倒反而不好意思了，恰巧有點心妹端點心來，我隨便要了兩碟，藉以掩飾心情上的狼狽。隔了半晌，我用含有歉意的語氣對她說：「請你原諒我。」

丁桃嗤鼻冷笑，臉上呈露着悻悻然的神情。我斷定她生氣了，終於意識到自己的失言，心裏不免有點慌張，極力想思索出一句適當的話語來，俾能消除她的怒氣。於是，經過了一陣難堪的噤默，我用很低很低的聲音對她說：

「也許你還不知道，我早已愛上你了！」

不料，丁桃臉一沉，沒好聲氣地說：「也許你還不知道，我已經有了！」說罷，霍然站起，撥轉身，疾步朝電梯口走去。我完全沒有預料到她會這樣的，呆呆的望着她的背影，愣然於這一句突如其來的話語；同時也愣然於這一個突如其來的動作，久久發愣，顯然有些無所措置。由於丁桃是一位電影明星，她的一舉一動當然會引起食客們的注意。正因為是如此，我迅即意識到事情的嚴重，忙不迭付了茶賬，懷着又驚又喜的心情匆匆追上前去。走到電梯口，丁桃剛下樓。我心裏非常焦急，唯恐追不上丁桃，失去解釋的機會。稍過片刻，電梯來了。我以為一定可以追到丁桃的，可是，走出「大華行」，朝東一看，不見丁桃；朝西細察，也沒有她的影子。沒有辦法，只好匆匆趕到「天星碼頭」。走上渡輪，以為可以遇見丁桃的，結果大失所望。猜想起來，她可能搭乘較早一班的渡輪過海去了；而現在正是吃飯的時候，除了回家，不會到別的地方去。我百無聊賴地坐在渡輪上，憂心似焚，總覺得渡輪駛得特別慢。好容易，船抵九龍，疾步走出碼頭，跳上的士，趕赴丁桃處，丁桃果然已經先我一步回到家裏，兀自坐在沙發上，用手絹蒙面，正在聳肩啜泣。我當即走到她身邊，說了許許多多感情極其豐富的話語，一方面向她表示歉仄；另一方面又向她示愛，希望她能因此平息怒氣。她只是痛苦地飲泣，垂着頭，不發一語，像極了一朵枯萎的蒲公英。縱然如此，我心內的喜悅，猶如熱鍋上的栗子，正在必必剝剝地爆濺。我無意將自己的快樂建築在別人的痛苦上，然而我是快樂的。

我不但可以完全獲得丁桃，同時即將有個孩子了。

丁桃仍在哭。據我的猜想，一定因為懷孕的事實，使她面臨一些新生的難題。她是一位電影明星，而且正在竄紅期，一舉一動都會引起社會的注意，如果此事傳出，對她當然是不利的。因此，我就單刀直入地作了這樣的建議：

「我們必須馬上結婚！」

丁桃聽了我的話，忽然抬起頭來，用淚眼對我一瞅，憤恚地問：

「你有辦法養活我？」

「我知道我窮，但是我一定不讓你捱苦。只要彼此相愛，我們一樣可以獲得幸福的生活。」

「幸福？」丁桃終於含淚笑了，扁扁嘴，問，「你能給我幸福嗎？」

「我能給你一份真摯的感情。」

「感情？感情值多少錢一斤？老實告訴你，像香港這樣的社會，最沒有用的東西就是感情！」

「丁桃，你不能這樣想。」

「為甚麼不能？」

「因為木已成舟，唯有將希望寄存於將來了。」

「將來？我還會有甚麼將來？一個電影明星忽然懷了孕，還會有甚麼將來？」這幾句話，如同飛箭一般，直射我心，使我感到了難忍的刺痛。我怕她為了自己的前途，做出不人道的事來。我愛她，更愛她腹中的那塊肉。失去了孩子，我就無法獲得丁桃。但是丁桃是個虛榮心極重的女人，為了滿足自己的物質慾，甚麼事情都做得出來。然而，我有我的希冀和想法。為了鞏固我們的感情，不惜付出任何代價阻止丁桃做出可怕的事來。正因為是這樣，丁桃與我終於形成了無法統一的矛盾。

我不能用強硬的態度使丁桃認清自己的處境，所以盡量的遷就她、愛護她、勸慰她，使她漸次從「明星夢」中醒轉來。

丁桃陷入了極大的困擾，經常愁眉苦臉的，不露笑容。幸虧公司方面為她準備的劇本一直沒有搞妥，丁桃因此獲得一個多月的休息，能夠冷靜地考慮這個問題。在這一個多月中，我不止一次地勸丁桃到婚姻註冊署去登記，她不肯。我甚至說出了這樣的話語：

「現在不舉行結婚儀式，將來肚子大了，豈不變成笑話？」丁桃聽了我的話，始終沒有表示。

8

我的電影雜誌出版後，相當暢銷，「創刊號」印了三萬本，不到一個星期就銷完。南洋方面的代理商寫信來添書，但是已經無書可發了。我因為獲得了最大的鼓勵，決心要把這件事做得更好，希望借此奠定自己的事業基礎，踏入另一個新階段。

我還是常常到丁桃處去，只是逗留的時間並不長。丁桃的心情雖然沒有過去那麼輕鬆，但是來訪的客人卻較前更多。除了葛導演、吳傑、周胖子等人之外，我見得最多的，是那位菲律賓的華僑陳大發。

有一天，我將一些稿件發交排字房後，閒着無聊，就過海去找丁桃。抵達丁桃處，按門鈴，工人將門啟開，一見我，便慌慌張張地嚷起來：

「她自殺了！」

聽了這句話，我猛吃一驚，忙不迭衝到裏邊，卻發現陳大發手足無措地站在床邊；而丁桃則躺在床上痛苦地呻吟，臉色蒼白，口吐白沫。我問陳大發：

「打過九九九沒有？」

陳大發點點頭。

於是我將他拉到窗邊，悄聲問他：「這究竟是怎麼回事？」

陳大發用手對床頭櫃一指，說：「她吞服了安眠藥。」

我困惑地皺皺眉頭，不明白丁桃為甚麼遽尋短見，因此，又向陳大發追問一句：

「她決不會平白無故吞服安眠藥片？」

陳大發低下頭，滿面愁容，答話時，聲音細得如同蚊叫一般：

「昨天晚上，我告訴她我已訂了機票，決定今天下午飛返馬尼拉。」

「難道她為了這點小事，竟萌短見了？」

「唉！當然是另外有原因的。」

「甚麼？」

「她說她有了身孕，要我跟她結婚！」

這句話，如同錘子一般捶在我的心上，使我驟然產生了一種不可言狀的感覺，說是憤恚，倒也有點像嫉妒。據我所知，丁桃肚裏那塊肉是我的，她怎麼可以拿來要挾陳大發呢？陳大發雖然有錢，但是丁桃豈可如此不擇手段？萬一陳大發因此答應跟她結婚的話，我的孩子豈不是變成為陳家的後代了？

轉念及此，我恨不得立刻捉住丁桃一陣子揪打，只因她正在極度的危急中，只好強自壓制怒火。於是我故意用一種鎮定的語氣問他：

「你有沒有答應她的要求？」

「沒有。」

「為甚麼？」

「因為我是一個有婦之夫！」

「所以她就自殺了？」

「這些都是發生在昨天晚上的事，當時，丁桃似乎並沒有甚麼；直到剛才，我正在酒店裏收拾行李，她的工人打了一個電話給我，說她突然服了安眠藥，要我即刻到這裏來一次……我不知道她吞服了多少粒安眠藥，但我見她口吐白沫，立刻就打電話報警。」

說到這裏，長街有十字車的鈴聲響起。一會，幾個男護士來了，用非常迅速的手法將丁桃抬了下去，送院急救。

我和陳大發隨車同往，一路上，彼此並不交談，但聞丁桃呻吟不已。救傷車駛得比風還快，轉瞬間抵達醫院，護士們立刻將丁桃送入急診室，由醫生替她洗胃。

幸而丁桃吞服的數量並不多，洗過胃，已脫離危險時期，但是醫生為了審慎起見，要她在院中靜養兩三天。當即由我到下面去替丁桃辦理入院手續。

於是，丁桃被送入病房了，閉着眼睛，臉上蒙着一層痛苦的表情。陳大發不斷地看錶，心情很煩躁，似乎有話跟丁桃說，但是丁桃老是不睜開眼來。一會，陳大發兀自走到窗邊，伏在桌上，簽了一張支票，塞在丁桃枕頭下面。

「這是一萬塊錢，」他低聲悄語的對丁桃說：「我現在馬上就要到飛機場去了，你好好靜養一個時期，千萬不要往壞處想。我到了馬尼拉，就寫信給你。」

丁桃終於睜開眼來了，對陳大發狠狠的一盯，卻不開口。陳大發連忙堆上一臉尷尬的笑容，想說話，但是時間已不多，緊緊握住丁桃的手，說聲「保重」，走了。丁桃目送他離去，臉上一點表情也沒有。我走到床邊去，很想責問她幾句，見她容顏枯槁，只好將想說的話又嚥了下去。她伸手摸出那張支票，仔細察看一下，扁扁嘴，又將支票塞好。我再也忍不住了，壓低嗓音問她：

「為了一萬塊錢，何苦這樣？」

丁桃立刻圓睜怒目，沒好聲氣地反問我：「你這是甚麼意思？」

「沒有甚麼特殊的意思，」我用揶揄的口氣對她說：「只是將我的孩子當作敲詐的工具，就我這方面來說，當然是不能同意的。」

丁桃嗤鼻冷笑了，咬牙切齒：「老實告訴你罷，我根本沒有懷孕！」

這句話，猶如晴天霹靂一般，使我怔怔半日，完全不明白這是怎麼一回事。

半晌過後，我問：

「前些日子，我們在『大華』飲茶的時候，你說你已經有喜了？」

「但是那已經是過去了的事！」

「這話是甚麼意思？」

「你想想看，一個正在竄紅期的電影明星可以未出嫁就懷孕嗎？」

「甚麼？你……你落掉了！」

她歇斯底里地笑了起來，笑得完全不像是個病人。我終於看到了丁桃的真面貌——一個美麗的軀殼包裹着一個極端醜惡的靈魂。

單看外表，她美得如同天使一般；但是在她的內心深處，卻擠滿了張牙舞爪的魔鬼。魔鬼們的要求是永遠不會饜足的，所以她須充分利用自己的美麗為魚餌，廝混在骯髒的上層社會裏，將男人們的情感當作魔鬼們的戰利品。

我氣極了，撥轉身，立刻離開病房。走到街上，僱車去到尖沙咀碼頭，過海，向士多買了一瓶拔蘭地，回到家裏，恣意傾飲着，企圖用酒液來麻醉自己的感受。我這樣做，無非想逃避醜惡的現實；但是第二天醒來，我的憎恨猶甚於隔昨。翻開日報，「港聞版」以巨大的篇幅刊載丁桃自殺的消息。記者們似乎對此次事件的真相並不清楚，因此作一些不着邊際的猜測，以為丁桃的突萌短見，可能與桃色糾紛有關。其實，這種猜測只是常理，並無根據，誰也不會想到丁桃的自殺卻是演了一場戲，主要的目的有二：

一、借此恐嚇陳大發，使他甘心情願地拿出一筆錢來。陳大發是一個有地位的華僑，不能因為偶而到香港來度假就鬧出笑話。陳大發要面子；同時又怕髮妻嚕嗦，沒有辦法，只好用錢塞住丁桃的嘴巴。

二、丁桃的新片《春江花月夜》即將公映了，趁此在現實生活中製造一些驚人的事件出來，所得效果，必遠勝一百篇宣傳稿。丁桃是個聰明人，吞服幾片安眠藥竟能收此巨效，又何樂而不為？

正因為是如此，我對丁桃的信任幾乎完全消失了。按照我的看法：她的過分熱中於名利，最後終將為名利所毀。像丁桃這樣把人生當作戲來演的人，絕對不可能從人生求取絲毫的真實。她也許太聰明了，但聰明未必能夠給她帶來幸福。用卑下的手段騙得了一些甚麼，必將在另一方面失去一些更有價值的東西。從這一天起，我對丁桃已經不再寄予任何希望。

我集中精力搞雜誌，希望能夠替自己打下一些事業基礎。丁桃出院後，我也像一個派錯角色的演員似的，買了一束鮮花，穿上筆挺的西裝，走到丁桃處，作一次道義上的探視。丁桃容光煥發，周旋於一堆訪客中間，有說有笑，完全不像是一個精神受過嚴重打擊的自殺者。訪客極多，除了葛導演、吳傑、周胖子之外，還有一些面熟陌生的三流演員以及一些小白臉之類的人物，大家嘻嘻哈哈，完全不像探病，簡直是在舉行雞尾酒會。我看不慣這樣的場合，喝了半杯酒，就走了出來。丁桃忙於應酬別人，根本沒有注意到我的離去。自從這一次之後，我沒有再去找過丁桃。丁桃曾經打過幾次電話給我，約我到她家去，我總是推說雜誌社的事情忙，故意跟她疏遠。丁桃倒也並不在乎，尤其是《春江花月夜》上映後，生意特佳，一下子變成有叫座力的紅星了。報紙上常常刊載她的動態，而電影圈裏也常常將她的竄紅作為酒後茶餘的談話資料。有人說她是稀有的歌舞片人才，雖然她既不會唱，又不會跳。這倒沒有關係，反正電影根本就是一種製造虛偽的藝術，出現在銀幕上的東西，幾乎沒有一樣是真實的。丁桃生來就具有一份虛偽的感情，所以有資格演戲。

之後，我雖然跟丁桃疏遠了，但也經常注意有關丁桃的消息。我之所以這樣的關心她，實在是因為太恨她。

此外，我還妒忌她的成功。每一次聽到別人讚揚她的時候，我心裏總有點不大舒齊。

這期間，我與黎芬妮倒是經常見面的。芬妮很好，非常關心我的事業。我明知芬妮已對我付出了真摯的感情，但是我還是跟過去一樣，喜歡她，卻不愛她。我不明白這是甚麼道理，產生這樣的矛盾，然而這是事實。

有一天，我同黎芬妮到「格蘭」去飲下午茶，談得正起勁時，外邊忽然走進一個濃妝艷服的女人來，定睛一看，竟是丁桃。

9

丁桃見到我，有會於心地笑笑，然後走到靠窗處，跟另外兩個男人坐在一起。那兩個男人以前從未見過，大概是丁桃新交的朋友。丁桃跟他們似乎並沒有甚麼事要談，常常回過頭來看芬妮。從她的眼神中，我知道丁桃在妒忌。

芬妮只知道我認識丁桃，卻不知道我曾經跟丁桃有過一段難忘的經歷。作為一個電影畫報的編輯，與明星們相熟，當然是一件很平常的事。為了這個緣故，芬妮根本沒有留意這件事。

我們在「格蘭」坐到五點鐘就離去，因為芬妮要去做茶舞。臨走時，丁桃忽然向我招招手，要我走過去。我當即走到她面前，悄聲問她：「有甚麼事嗎？」

她嫣然一笑，悄聲說：「今晚八點鐘，到我家裏來，我請你吃飯。」

我說我另有飯局，抽不出身；但丁桃卻一再慫恿我，說是有事跟我商量。既然如此，我只好點頭答應。

接着，我送芬妮進場。在舞廳坐了兩個多鐘點，看看錶，剛好八點，立刻辭別芬妮，僱車去丁桃處。

丁桃正在客廳裏閱讀晚報，只有她一個人。見到我時，立刻迎上前來，含笑盈盈，顯得特別殷勤，坐定後，她斟了一杯酒給我，牽牽嘴角，一邊微笑，一邊用揶揄的口氣對我說：

「怪不得這麼久連個人影都不見，只道是你在忙於辦雜誌，哪裏知道已經有了新戶頭了？長得真不錯，甚麼地方認識的？」

我聽不慣這樣的說話，有點氣，索性坦白說出來：

「她是一個舞女，我們在舞廳裏相識的。」

「叫甚麼名字？」

「姓黎，名叫芬妮。」

「認識多久了？」

「幾個月。」

「怎麼我一點也不知道？」

「你是一位忙人，怎麼會需要知道這種小事？」

丁桃故意聳聳肩，垂着臉，說：「關於你的事，我總是願意知道一點的！」

於是，我酸溜溜的對她說：「我是一個窮光蛋，難道也值得你這麼關心？」

丁桃不甘示弱，聽出了我的話中有刺，立刻言不由衷地反了我幾句：「如今你是一位出版家了，手上有本暢銷的雜誌，高興捧誰就捧誰，我們當演員的怎敢不設法巴結你？」

我是相當生氣了，圓睜怒目，貪婪地凝視她，雖然有些無所措置。

她倒十分安詳，老是眯細眼睛，朝我發笑。那是一種嫵媚的笑容，如同陳酒一般，多看了，會醉。

很久很久，大家不說一句話。丁桃走到茶几旁邊，傴僂着背，從茶几上拿起薄薄的金煙盒，挑選了一支，啣在嘴上；然後兩眼直瞪瞪的望着前面，若有所思，好像忘記扭亮打火機了。她問：

「你不再恨我了？」

「如果我恨你的話，今天也不會到這裏來了。」

「為的是報復？」

「為的是重溫舊夢。」

「企圖將我的情感，當作戰利品？」

「還不至於這樣。」

「有甚麼證明嗎？」

「因為我是一個忠於自己感情的人。」

說到這裏，丁桃「得」的一聲，將打火機扳亮了，點上香煙，一連吸了好幾口。

「你說你忠於自己的感情，為甚麼又去找那個姓黎的舞女？」

「一個有了愛人的男人，未必就不能有異性朋友。」

「換一句話說：那個姓黎的舞女不過是你的異性朋友而已？」

「可以這樣講。」

「那末，我就是你的愛人了，是不是？」

「也可以這樣講。」

丁桃婀婀娜娜地走到酒櫃邊，斟了兩杯酒，端過來，遞了一杯給我。她的手指還夾着那支正在燃燒中的煙。當她呷了一口酒，她就格格地笑起來，笑罷，不斷的抽煙。

「在黑暗的電影圈裏，」她說，「甚麼樣的男人都有，只是找不出你這一種。」

「是不是因為我太傻？」

「因為你太真！」

於是我放下酒杯，正正臉色，用一種含有憤恚的口氣對她說：

「我不是一個演員，所以不會演戲！我只會聽命於自己的感情，其他的一切全都不理！」

丁桃聽了我的話，倒也並不生氣，呷了一口酒，放下酒杯；然後將煙蒂撳熄在煙灰缸裏，直起身子，一邊走向窗口，一邊說：

「不錯，我是一個演戲的女人，但是我從來沒有在你面前演過戲。然而，你必須了解我的現實處境，作為一個電影明星，我的周圍當然不會缺乏各色各種的引誘……至於你，我願意坦白說一句：在我的心目中始終與別的男人不同。」

接着是一陣難堪的噤默。她久久站在窗邊，凝視着窗外的景色，不再開口。我深深地受了感動，走到她背後，雙手搭在她肩頭，撥轉她的身子，竟發現她在流淚。

淚水洗盡了我對丁桃的憎恨，一股狂熱像火焰似的在我內心中燃燒起來。我勸她不要變成回憶的奴隸，過去的事已經過去了，多想，不但得不到好處，抑且會使精神陷於頹唐。丁桃仍有內疚，但是我卻願意把過去的事完全忘掉。這天晚上，我的興致似乎特別高。丁桃沒有拍戲的通告，我就邀她到「美麗華」去進晚餐。

我們喝了不少酒，玩得很痛快。

從此，我跟丁桃幾乎每天都見面。她忙於拍戲；我忙於編稿，但是只要可以抽出時間，丁桃一定會打電話約我過海去。我們之間的感情比過去更加密切了，因此我就不大去找黎芬妮。

過了些時日，丁桃忽然告訴我一個消息，說是為了迎合南洋觀眾的興趣，公司方面決定以星加坡和馬來亞為背景，拍攝兩部新片。

「劇本已經寫好了；而且決定派我擔任兩部片的主角。」她說。

「這樣，會不會到星馬一帶去拍外景？」

「當然是要去的。」

「你呢？」

「我怎麼能夠不去？」

「甚麼時候動身？」

「平常拍片，多數是內景拍完了，再拍外景；但是這一次的情形剛剛相反，公司決定先拍外景。」

「這樣說來，你不久就要到南洋去了？」

「大概一個禮拜過後。」

「一個禮拜？」

「葛導演親口告訴我的。」

「兩部戲都由他導演？」

「他的手法相當不壞。」

我不再作聲了，對於這件事說不出多麼的不高興。但是丁桃是個電影明星，逢到這樣的事情，不論願意不願意，非從命不可。這些日子，我與丁桃幾乎天天都見面，一旦分手，雖然為時短暫，總不免有點依依之感。

由於丁桃將有遠行，我的情緒大為低落。丁桃忙於籌備拍片事宜，難得有空閒。我又開始喝酒，雖然喝酒不能使我的情緒轉好。

一個星期過後，丁桃終於跟隨外景隊到吉隆坡去了。我到機場去送行，分手時，我要她多給我來信。她說：「今天下午可以抵達吉隆坡，明天就寫信給你。」這樣，丁桃隨着大隊工作人員到馬來亞去了。過了三天，果然寄來一張明信片，反面印着吉隆坡「湖園」的風景，正面寫了簡短的幾句：

——「昨天抵達吉隆坡，今天一早就出去拍外景，回來後，沖個涼，身子疲倦不堪。這裏的天氣很熱，每餐非吃咖喱不可。明後天有空，一定寫封長信給你。我們住在嘉賓酒店，希望你寄信來。」

這明信片，雖然只有簡短的幾句，對於我，倒有點像一份隆重的禮物；我曾經在吉隆坡耽過一個時期，見到明信片上的風景照，特別有親切感。我想：丁桃能夠趁此到馬來亞去看看，對她身心都有幫助。

過了三天，丁桃終於寄了一封航空信給我。信上說：

——「現在恰值雨季，每天下午一定要落『照例的雨』。外景隊的工作常常受到雨的阻礙，比預算慢得多。昨天到『武吉免登律』去拍外景，剛開拍，忽然一陣驟雨，不但前功盡棄，而且大家都變成了落湯雞。回到酒店，我竟發熱了。我以為是感冒，但是酒店的夥計說是水土不服。晚上，當地的工作人員煎了一帖『特效藥』給我，喝後，出身汗，果然舒服了許多。今晨起身，依舊有些頭重腳輕，想請假，葛導演不准。他說工作進行太慢，不能再浪費公司的金錢了。沒有辦法，只好跟着大隊人馬到火車站去拍外景。吉隆坡的火車站非常雄偉，純粹回教式的建築，極美，據說是東南亞最大的火車站，不知此語可真。拍外景時，看熱鬧的人很多，有些華僑對我好極了，老是圍着我問長問短。葛導演只知道工作，常用憎嫌的態度對待影迷的熱誠，這是很不好的。如果這兩部片子將來在馬來亞不叫座的話，葛導演應負最大的責任。我開始討厭他了，剛才拍完外景回來，我還跟他吵了一架，幸虧吳傑居中勸解，要不然，一定會吵出事來的……總之，拍片就是這麼一回事，導演是皇帝，誰也不能背悖他，除了老闆……現在，我要沖涼了，不得不擱筆，明後天再寫信給你。你怎麼樣？雜誌的生意好不好？無聊的時候，做些甚麼消遣？有沒有去找那個姓黎的女人？」

這是一封普普通通的信，半點肉麻的句子也沒有；但是我是高興的，因為我知道丁桃待我很好。

我立刻寫了一封覆信給她，同時日盼夜望地期待她的下一次來信。

可是，等了一個多星期，丁桃一個字也不寄回來。我不免有了許多猜想，到處打聽丁桃的消息。據電影公司宣傳部的人說：「外景隊已經離開吉隆坡了，正在柔佛州拍攝膠園的鏡頭。」

又過了幾天，依舊沒有來信。報紙上忽然刊出這樣一條電訊，說外景隊已經抵達星加坡，工作尚未展開，就發生了一件不愉快的事情——葛導演與吳傑在酒店大打出手。

吳傑是個小職員，怎麼會跟葛導演爭吵起來的？

電訊簡短，並未說明爭吵原因。不過，根據我的猜測，葛導演以前一度與丁桃過從甚密；而吳傑與丁桃的感情又不錯，所以這件事的發生可能與丁桃有關。

我曾經打電話給幾位在電影圈服務的朋友，向他們探詢此事根由，可是沒有一個人知道。兩天過後，日報刊出一則「星加坡航訊」，其中有一段是寫此次吵架事件的，果然不出所料，兩人衝突的原因，完全為了丁桃而爭風吃醋。據該「航訊」稱：事情發生的那一天，葛導演帶了幾位工作人員到「勿洛」去看外景，忽然雷雨大作，連忙趕回酒店，卻發現吳傑與丁桃在餐廳談話。葛導演妒火欲燃，憤然猛摑吳傑。吳傑不甘示弱，兩人立即扭作一團，互擊互毆。事後，丁桃向記者宣稱：此事與伊無關。

從這一段航訊看來，有兩件事是非常明顯的：（一）丁桃與葛導演已重修舊好；（二）吳傑仍為丁桃的密友。

葛導演此番到星馬一帶去拍外景，不但葛太太鞭長莫及，連大名鼎鼎的白碧華也遠在日本，當然會利用這個機會跟丁桃重修舊好的。丁桃一度與葛導演過從頗密，那時候，丁桃剛進電影圈；而葛導演恰巧因為白碧華移情別戀，心中正感煩悶；一個想竄紅，一個想報復白碧華，於是很迅速地就攪在一起了。這種關係的形成完全基於彼此的自私，很脆弱，維持不了多久，兩人就分開了。如今，公司方面派葛導演到星馬去拍外景，又指定丁桃為女主角，葛導演近水樓台，當然不會錯過這個機會。但是，吳傑與丁桃早已有了特殊關係，葛導演可能不知，因此就發生了毆擊事情。

不過，無論事情的真相如何，我對丁桃行為的不檢點，已憎恨到了極點。她不應該欺騙我，也不應該欺騙她自己。事實上，把別人的情感當作戰利品，對她而言，也不會有甚麼好處。

為了減少自己的煩惱，我決定將丁桃完全忘掉；這是情感上的事，不容易辦到。

我常常喝酒，也常常到舞場去找黎芬妮。

黎芬妮雖然不一定知道我跟丁桃的關係，但是她不是一個傻瓜，單看我那愁眉不展的表情，就可以斷定我有難解的心事。她說：

「一定不是雜誌社發生困難。」

「何以見得？」

「很簡單，只有情感上翻了筋斗的人才會如此消沉。」

她的猜測一點也不錯，但是我不承認，也不否認，只是低着頭，惘惘然若有所失。

黎芬妮就是這樣一位溫謹賢淑的女性，明明知道我對她並不忠實，卻始終容忍着，不但不予揭穿，抑且百般安慰我。為了幫我驅除寂寞，常常向舞廳告假，陪我遊新界，陪我上館子，陪我看電影，陪我到夜總會去喝酒。

縱然如此，我的情緒一直無法恢復正常。我依舊經常想到丁桃，憎恨她，卻又很想知道她的動靜。外景隊仍在星加坡，但是傳來的消息並不多。電影公司的宣傳部送來了幾張外景隊工作情況的照片，其中有一部分是丁桃的。從照片上看來，丁桃雖然塗着油彩，卻比離港時消瘦了一些，猜測起來，大概是因為工作辛苦或水土不服的關係。

我的雜誌以星馬地區為主要市場，為了迎合南洋讀者的趣味，對於此次外景隊工作情形的報道，特別翔實。最近的一期，我加插了一頁丁桃穿着「娘惹裝」的彩色照片，不一定想討好丁桃，只想在星馬市場增加一些銷數。

這期間，我沒有寫信給丁桃，丁桃也沒有寫信給我。

有時候，遇見電影公司的職員，問起外景隊的情形，回答總是一樣的：「快要回來了，不過，工作進行得並不順利。」

為了沖淡對丁桃的思念，我常常去找黎芬妮。

10

有一天，芬妮忽然告訴我決定不做了，我聽後，不免吃了一驚，忙問：「為甚麼？」芬妮微微一笑，說：「舞廳空氣太壞，並不是正常謀生的地方。」這明明是一句戲言，但也另有含意。於是我問她：「輟舞後，將依靠甚麼來維持生活？」她說：「我有兩隻手和一份堅強的意志。」

話雖如此，芬妮的家庭負擔重，單靠一雙手，究竟對付不了的。不過，芬妮既然立志向上，我自當力予鼓勵。因此，我對她說：「舞廳是色情交易所，善女人絕對無法廝混其間，有辦法改行，當然再好也沒有了。」芬妮笑笑，不再作聲。過了幾天，芬妮打電話給我，說她已經在一家紗廠裏當女工了，薪水不多，但心情很愉快。

就在這時候，報紙上刊出外景隊回港的消息，說丁桃他們將於傍晚時分抵達啟德機場。照理，我是應該到機場去迎接她的，但是為了她的行為太不檢點，我決定裝作不知。不料，我正在編稿時，忽然接到一份電報，是丁桃從星洲拍來的，說是今日乘「國泰」機離星，下午六時左右可抵港，要我屆時到飛機場去接她。

這樣一來，我倒不能假裝不知了。我心裏雖然憎恨丁桃，可也不願意遽爾跟她鬧翻。我想：她既然蓄意玩弄我的感情，我又何不走去串演一次無足輕重的配角。

傍晚時分，我在飛機場見到丁桃。她比離港時消瘦了，皮膚給赤道的太陽曬得很黑，一下飛機，就含笑盈盈地向迎接者揮手。迎接丁桃的人特別多，其中有一部分我從未見過。

等到海關檢查完畢，丁桃從裏邊走出，周旋於歡迎的友人們中間，忙得連記者們都無法敷衍。我不知道丁桃有沒有見到我，但是我也一直莫名其妙地擠在人群裏。我想：「我哪裏有資格串演配角，看情形，倒有點像臨時演員。」於是，我很後悔了，想悄悄的溜走，可是人叢似潮，無法脫出身來。一會，只聽見丁桃用裂帛似的聲音嚷了起來，「請大家到舍間去喝杯酒！」話語一出，歡迎者忽然散開了，各自走到停車處，坐上自己的車子，形成一條行列，直向尖沙咀駛去。我呆呆的站在路邊，目送丁桃坐上周胖子的大汽車，忽然掀起一陣惘惘然的感覺，顯然有點莫知所從了。以我與丁桃的感情來說，我是應該跟着大家前去湊湊熱鬧的；但是我討厭這種場合，更討厭那班蒼蠅似的男人把丁桃當作一缸糖。因此，我揮手招來一架的士，不到丁桃處，卻到黎家去找芬妮。芬妮剛從工廠回來，沒有吃過飯。

我邀她到「鑽石」去，她不反對。我忽然有了喝酒的興致，在「鑽石」時喝了不少酒。芬妮見我不露笑容，知道我有心事，怕我醉後闖禍，極力阻止我繼續喝酒。走出「鑽石」，我建議到「新雅」去跳舞，芬妮不贊成，說是明天一早就要去工廠做工，堅要送我到佐頓道碼頭去過海。我不便勉強她，唯有廢然回家。這一晚，我睡得不好，常在迷惘意識中見到丁桃的笑容以及那一班蒼蠅似的男人們。翌晨起身，我神志仍有點恍惚，去到寫字樓，依舊念念不忘地想着丁桃。在這種情形下，我不能不承認自己的脆弱了。

下午四點鐘，丁桃打了一個電話給我，約我到「半島酒店」飲茶。在我，聽到這個邀請時，多少有點受寵若驚。理由是：丁桃剛從星洲回來，需要做的事情一定很多；但是她竟抽出時間來跟我單獨見面，足證我在丁桃的心目中也還有點分量。因此，我就欣然答應了。我說「欣然」，只是指當時的一種感情上的衝動而已，實際上，久久在我內心深處潛燃着的那一撮憎恨之火，卻並未因此而熄滅。當我見到丁桃時，我想知道的只是一項解釋，但丁桃卻絮絮叨叨的講述星馬一帶的風土人情。我實在忍不住了，終於向她提出這樣一個問題：

「聽說你們在星加坡拍外景的時候，葛導演與吳傑曾經在酒店裏演出了一齣全武行？」

「不錯，有這麼一回事。」

「他們素無宿怨，為甚麼會鬧得這樣兇？」

「只是一個小小的誤會。」

「因你而引起的？」

她略一沉吟，取出一支香煙，點上火，然後訕訕地將話題轉到別處：「告訴我，雜誌的情形好不好？」

我隨口答了一句「這一期有你的彩色插頁」後，馬上正正臉色，對她說：

「這裏有幾家小報曾經坦白指出：葛導演的怒摑吳傑，因為他發現吳傑跟你在餐室談話。」

「葛導演是個極容易衝動的男人。」

「如果不是為了你，也許他就不會這樣衝動了。」

「你是說：葛導演與我有着超過普通友誼的關係？」

「根據報紙上的記載：吳傑與你也有超過普通友誼的關係。」

「你相信嗎？」

「這個問題很難回答。」

「為甚麼？」

「如果我相信報上的記載的話，我就不會問你了？如果我不相信報上記載的話，我也不會問你的。」

「換一句話說：你不相信報上的記載，同時又不敢不相信，你說是不是？」

「可以這樣講。」

丁桃驀地臉孔一板，憤然將長長的煙蒂子撳熄在煙灰缸裏，說話時，嘴唇微微顫動：「你這樣追逼我，用意何在？」

「沒有甚麼用意，只是關心你罷了。」

「我不需要你的關心！」

聽了這句話，我再也按捺不住上沖的怒氣，未加考慮，就說出這樣露骨的話語：

「你不能將別人的感情當作戰利品。」

她火了，臉孔脹得如同豬肝一般，怒目圓睜，咬牙切齒地說了這麼一句：

「你也未免太認真了！」

「我認為男女之間的關係並不是一種遊戲。」

「但是，你當然知道我是一個電影演員。」

「一個電影演員，決不能將人生視作戲劇。」

「你要我脫離電影圈？」

「不，我只希望你能認識自己的處境，不要將夢境當作現實，更不要將現實當作夢境。」

她忽然笑不可仰了，但是這笑聲卻含着濃厚的諷刺意味。我開始憎恨自己，不再將任何希望寄存在丁桃身上。當丁桃還在星加坡的時候，我幾乎無時無刻不在想念她；如今與她單獨相處時，不但得不到慰藉，抑且發現所有的談話只是一種毫無意義的浪費。我正感不耐煩時，丁桃要求我送她回去了。於是，付清茶賬，挽着她的手臂，走出「半島」。

送丁桃回到家裏，意外地發現葛導演在客廳裏看報，丁桃臉上呈露了勝利的笑容，我趁此作「戰略上的撤退」。

走到街上，心如繩索一般，忽然打了個死結，說不出多麼的不舒齊。我第一次在沙田酒店見到葛導演就不喜歡他，如今加上妒忌，益發對他憎厭了。由於這種憎厭的形成，我對丁桃的愛慕也終被沖淡。我想：我應該約束自己，不要為一份不可靠的感情做出更多的蠢事。

過了幾天，我收到一篇來稿，說吳傑因為跟葛導演爭風吃醋，終於被開革了。這稿件的內容相當不錯，但牽涉太廣，可能會引起法律問題，所以未便刊登。不過，從這篇稿子裏，我倒知道了一些有關吳傑與丁桃的秘密。

11

原來吳傑曾經與丁桃同在廣州一家學校求學，沒有畢業，兩人已經「過從甚密」了。吳傑曾經向丁桃求過婚，丁桃的母親嫌吳傑太窮，怎樣也不肯答應。吳傑一氣，隻身來到香港，起先在一家商行當跑街，後來經朋友介紹，就轉入電影圈工作。在攝影場做了半年，忽然收到丁桃來信，說是母親已死，決定到香港來謀生了，希望吳傑能夠替她想辦法。吳傑高興之極，立刻覆信給她，將香港描繪成天堂一般，要她立刻就來。信寄出後，不到半個月，丁桃攜着皮箱，孤苦伶仃地抵達尖沙咀火車站。吳傑本身的經濟情形也不好，沒有能力送她到酒店去寄宿，只好帶她到自己家裏。那時候，吳傑在柯斯甸道向別人租了一間尾房，七×九，相當小。丁桃對吳傑素有好感，至此也不便再作任何表示了。這樣，兩個人就自然而然地形成了一種曖昧的關係。吳傑經濟情形始終未獲好轉，對於結婚的問題，也不像過去那麼認真了。至於丁桃，明知自己吃了虧，卻並不斤斤於儀式。她常常照鏡子，對自己的美麗極具信心。對於普通女性，結婚是一種保障；但是對於丁桃，結婚可能是一塊絆腳石。她堅信自己的美麗是一筆巨大的資本，只要機會來到，遲早終歸會派息的。過了些時日，機會終於來臨，吳傑悄悄告訴丁桃，說公司要招考新演員了。丁桃很高興，要吳傑盡可能地幫助她去投考。吳傑非常落力，甚至出錢請人教丁桃講國語。考試結果，丁桃居然被錄取了，不但與公司訂了五年的長期合同，而且在第一部片子裏就擔任第二女主角。這是只能求之於夢寐的好機會，而丁桃竟在現實生活中找到了。丁桃一躍而為電影明星後，必須對於自己的處境特別小心。為了不讓別人講閒話，終於從吳傑家裏搬了出來。起先，因為手頭沒有足夠的錢財，只好搬到九龍城去向別人租一間梗房；後來，老闆在家裏開派對，丁桃應邀參加，跟老闆跳了幾隻舞，贏得他的青睞，在富麗的住宅裏住了一晚，第二天下午，公司方面就預支了一筆薪水給她……凡此種種，吳傑全知道，而且若無其事地將它們當作事實來容忍。丁桃雖然一步登天，但始終與吳傑保持着密切的關係，這是外人所不知道的。後來，丁桃結識了幾個周胖子之類的生意人，拍片之餘，陪他們看電影，跳跳舞，甚至喝幾杯酒，他們就心甘情願地替她解決經濟問題。不久，丁桃在尖沙咀區買了一層新樓，過着類似交際花式的生活，雪藏着自己的情感，卻與吳傑一直保持着秘密聯繫。這一次，公司決定拍攝以星馬地區為背景的電影，無意中給葛導演發現了這秘密，妒火大燃，因此在星加坡演出了這一幕醜劇。現在，事情已揭穿，但是知道「過去」這一段的人，一定不多，如果發表出來，必能有助於雜誌的銷數。

這一篇來稿的內容，未必全部可靠，但是丁桃與吳傑間存在着某種曖昧關係，諒非子虛。記得我上次去澳門的時候，在「利為旅酒店」也曾有過同樣的懷疑。

至此，我對丁桃又多了一番認識。她那複雜錯綜的桃色關係，將使任何真心愛她的男人陷於困惱。我常常這樣警惕自己：「在悲劇沒有形成之前，趕快忘掉她！」

一連半個月，我沒有到丁桃處去過一次。

一連半個月，我沒有接到丁桃的電話。

一連半個月，我幾乎每晚都跟黎芬妮在一起。

有一晚，我與黎芬妮一同在僻靜的九龍塘散步，驀然遇到一陣驟雨，立刻走進一家小咖啡店暫避。時已十點過後，咖啡店沒有別的食客，燈光黝暗，情調倒也不壞。我與黎芬妮相對而坐，大家默然不語，只有外邊的雨聲尚在沙沙地作響。我忽然想起了丁桃，明知這思念不應該有，可是怎樣也無法排遣。我開始憎恨自己了，竟衝動地向芬妮提出這樣一個問題：

「我需要有個家！」

她低着頭，臉上呈露羞赧之情。

我說了許許多多理由來證實我的需要，芬妮一直低着頭不作聲。

我又說了許許多多有關婚後的計劃，芬妮一直低着頭不作聲。

最後，我提議明天就去註冊，她點點頭。我忽然感到一陣頭暈，眼前出現了一幅金絲相錯的幻畫，心上好像被甚麼東西緊緊壓着，壓得連氣也喘不過來。稍過些時，雨聲更響了，一切都在動蕩不居中變化。我極力把握着當前的一切，結果，竟在迷濛中，發現坐在卡位裏的不是黎芬妮，而是丁桃。

事實上，自從結識丁桃後，我從未對第二個女人發生過興趣。黎芬妮雖好；但是在我的心目中，也不過是一種近似藥物的代替品而已。當我情感上受了創傷後，我就去找黎芬妮；當我心緒恢復正常時，我又會時時刻刻想念丁桃。我明知丁桃的感情是靠不住的，愛上她，等於自討苦吃；但是一旦失去了她，痛苦則更甚。唯其如此，我在內心陷於交戰狀態的時候，忽然作了一個純理智的決定。

過了一個月，我與黎芬妮結婚了，但是我並不愛她。黎芬妮是一個單純的女性，對於任何事物的看法皆憑直覺。她只知道結婚就是戀愛成熟的必然結果，然而她絕對不會想到她的丈夫因為要忘掉另外一個女人才跟她結合的。

婚後的生活倒也相當不錯，黎芬妮待我很好，不但將個家庭處理得井井有條，同時對於我的飲食起居也非常注意。她知道我的收入並不太好，所以不肯隨便浪費一分錢。她已經辭去紗廠那份工，為的是想把這個家搞得像個樣子；但是這樣一來，我必須同時負擔芬妮家裏的生活費用了。幸而芬妮的父親已找到工作，我每個月只需貼補兩百元，他們就可以勉強應付過去。

過了一個時期，結婚給我的新鮮感消失了；因結婚而獲得的一點點刺激也消失了，心境復歸沉重，一種精神上的負擔壓得我無法體會人生的樂趣。我又開始思念丁桃了。起先，丁桃的影子像閃電一般偶爾出現在我的腦海中；後來，情形更糟，不但每晚夢見她，甚至在辦公的時候也無法靜下心來做事。

在這個期間，我還是經常留意有關丁桃的消息。她的《春江花月夜》在南洋一帶賣座極盛，因此使公司方面對她更加重視了。

我結婚的時候，曾經送了一張請柬給她。

她送了我一隻花籃，卻沒有來參加宴會。之後，我沒有再去找她，她也沒有打電話來。

照說，我結婚的目的只在將她忘掉，而婚後的情形又是如此，應該算作理想的發展了。但是，感情上的事卻像萬花筒一般，不但千變萬化，抑且無法預料。

有一次，電影公司送來了一張請帖，說是好萊塢有一位大導演來港觀光，特設雞尾酒會，介紹一些本港文化界人士與他相識。公司方面相當看得起我，居然也邀請我去參加。我素來不大喜歡參加諸如此類的場合，但是我心中有個願望，希望能夠在這種場合裏見到丁桃。

人就是這樣一種奇異的動物，為了想忘掉一個不值得愛的女人，寧可與一個不為自己所愛的女人結婚；但是婚後又耐不住歲月的單調，偏偏日以繼夜地思念着，這是甚麼心理，連我自己都無法了解。

那是一個雨天的傍晚，我抵達「半島」二樓，發現酒會十分熱鬧，來賓們各持酒杯，三五成群地有說有笑。酒會主人照例介紹我與美國大導演相識，照例握手，然後寒暄；照例從侍者捧着的盤子裏拿一杯酒，然後就照例展開自由活動。

所謂「自由活動」，無非是找一些相熟朋友，握手，笑笑，談一些與酒會完全無關的話語。

但是，我卻沒有找朋友閒聊的心情。我之所以參加這個酒會，目的只有一個：希望與丁桃見一次面。

酒會十分熱鬧，來賓很多，電影明星也不少，但是看來看去，始終不見丁桃。我是非常失望了，又覺得擠在人叢中十分無聊，正擬離去時，卻在大門口遇見丁桃。

丁桃穿着一襲雜色的旗袍，很美，美得如同復活節的彩蛋。當她見到我時，臉上立刻呈露詫愕的表情，問：

「怎麼你要走了？」

「是的，因為我另外還有一點事情。」

「不行，」她用獨裁者的口吻對着我說，「很久不見你了，有話跟你講，站在這裏等我，讓我跟美國導演見過面後就來。」

說着，丁桃婀婀娜娜地走入人叢去了，見過大導演，握過手，與記者們談過話，果然婀婀娜娜地走來找我了。

「為甚麼不到我家裏來？」她問。

我說雜誌社的事情太忙，但是她笑了，笑容裏含有一種頑皮的狡猾。接着，我說酒會人多，說話不方便，建議到別的地方去喝杯茶。她居然答應了。離開「半島」，由丁桃駕車，轉兩個彎，到了「賓閣」。我們找了一個靠窗的座位，相對而坐。她問我：

「婚後的生活一定很甜蜜？」

我搖搖頭，直率地告訴她說：「在未婚者的心目中，結婚像一首詩；但是認真碰到現實時，結婚只是一種負擔。」

「精神上的負擔？還是物質上的負擔？」

「兩樣。」

「難道你不喜歡你的太太？」

「不。」

「那末，你的太太不喜歡你？」

「也不。」

「既然彼此相愛，何來精神上的負擔？」

「問題是：我們之間只有感情，卻無愛情。」

「這是甚麼意思？」

「因為我雖然喜歡芬妮，但是並不愛她。」

「既然不愛她，為甚麼跟她結婚？」

「如果我把理由說出來，你一定不會相信。」

「我倒願意聽一聽。」

我頓了一頓，剛開口，但是喉嚨口彷彿有甚麼東西塞住似的，不好意思將話語說出。丁桃十分好奇，一再慫恿我，於是我就坦白地告訴她：

「因為我想忘掉你！」

她忍俊不禁了，用手掩着嘴巴，唯恐自己的笑聲驚動鄰座的食客。隔了很久很久，才斂住笑容對我說：

「如此說來，我倒變成一個罪人了！」

「請你不要諷刺我。」

丁桃立刻斂住笑容，打開手袋，取出一支紫色的「蘇勃雷尼」煙，點上了火，吸了好幾口，然後一本正經地告訴我：

「其實，我倒是常常想到你的……我是一個電影明星，當然不會缺少男朋友，不過，在所有的男朋友中，你最忠厚，也最真摯。」

丁桃說這一番話時，語氣非常誠懇，使我聽了，頗受感動。我開始追悔了，悔不該當初如此衝動，讀了一篇有關丁桃的稿件，立刻將過去的情愛一筆勾消。我不該毫不考慮地跟一個不為自己所愛的女人結婚，以致心情大壞。如今，木已成舟，明知錯在自己，但也無法挽救了。芬妮待我很好，論情論義，絕對不能隨便將她拋棄。

我是非常悔恨了，尤其是跟丁桃在一起的時候，想到芬妮，就難過得一若萬箭射心。

丁桃的態度十分鎮定，明知我已結婚，卻能若無其事地保持着應有的安詳。

「我想喝一點酒，你呢？」她說。

「也好。」

於是向僕歐要了兩杯威士忌，僕歐將酒端來後，丁桃呷了一口，忽然感慨地說了這麼一句：

「我的電影生命，恐怕就要結束了。」

「為甚麼？」

「上次到馬來亞去拍外景的兩部片子，在星馬一帶上映，成績並不理想。」

「誰也不能保證每一部片子都賺錢。」

「但是這兩部片子的情形不同，按照公司方面的估計，片子既以星馬地區作背景，除非片子特別壞，在當地上映決不會失敗。」

「那末一定是葛導演的手法不夠高明了。」

「不，」丁桃搖搖頭說：「主要的原因是：南洋觀眾對我的新鮮感已經消失了。」

「我不相信。」

「有甚麼特殊的理由嗎？」

「因為你正當竄紅期。」

「問題是：我的運氣沒有別人好，遇到了機會，竟竄不上去。」

我略一尋思，舉杯呷了一口酒，細味她的話語，覺得她的擔憂雖然不是完全沒有根據，但也未必絕望。我認為：

「一兩部片子的失敗，未必是決定性的，你又何必因此而氣餒？照我看來，歌舞片比較適合你的個性，但不知公司方面，有沒有決定你下一部片子的性質？」

「下一部片子？」丁桃眉頭一皺，神情顯得十分沮喪，「製片主任小張透露的消息，說老闆認為我的票房價值已跌，打算讓我在下一部片子裏擔任第二女主角。換一句話說：老闆對我已不再寄存希望，他有意將我從主角地位貶為配角。」

「這樣做，實在是很不智的。」

「為甚麼？」

「因為他既已將你捧了出來，如今又將你貶為配角，那末過去在你的身上所作的努力，豈不是完全白費了。」

「事實上，吃虧的是我，不是老闆。老闆每個月只給我二百元薪水，拿這樣的代價去請一個特約演員尚且不夠，何況是一個重要配角。」

「難道不能提出任何抗議？」

「除非我能用事實來證明我的叫座力仍未減退。」

「如果老闆決定貶你為配角時，你就沒有辦法用事實來證明叫座力的強弱了。」

「所以，我必須設法挽救這種情勢。」

「有甚麼打算嗎？」

「我打算請新聞界的朋友利用其影響力使老闆打消這個意思。」

「你們的老闆會因為輿論而改變其預定計劃嗎？」

「如果新聞界肯大力幫助我的話，我認為成功的可能性很大。」

說話至此，我對於丁桃目前的處境已十分清楚。丁桃在銀幕上的成功，我是不大關心的；不過，為了要討好她，我竟自告奮勇地獻出了自己的力量。我願意代表丁桃去向新聞界的朋友作進一步的聯繫，但是我認為沒有整套的宣傳計劃，就無法達至預期的效果。此外，為了迅速展開宣傳計劃，必須準備一筆流動金。丁桃同意我的看法，認為經濟不成問題，只是拿不出整套的計劃。於是我作了這樣的建議：（一）必須有一個響亮的口號，諸如「一九六一年是丁桃的」或者「遠東第一美人丁桃」，或者「歌舞片皇后丁桃」之類；（二）丁桃不一定需要改變戲路，但是必須請報章雜誌多刊泳裝，以性感作為一種標榜；（三）用輿論來補救演出的失敗及票房價值的低落，俾使公司老闆將既定計劃推翻。

「以上三點是主要的工作，必須做好，始能發生效力；此外當然還有其他的事情要做的，不過，暫時可以慢一步考慮。」我說。

丁桃完全同意我的計劃，而且認為這計劃早該實現了。但是她怕第三點不容易做到，理由是：那兩部以星馬作背景的片子實在一無是處；如果要影評家們違背良心，硬把黑的說成白的，恐怕很難。

我說我願意利用自己的友情，請他們大捧小罵。於是我問：

「這兩部片子好像還沒有在香港放映過？」

「是的。」

「有沒有映期？」

「一部題名《椰風蕉雨》的，排期已定，大概下月就可以公映了。」

「既然這樣，我們必盡快與新聞界取得聯繫，只要輿論能夠一致讚揚你在該片中的演出，縱使不叫座，也會影響老闆對你的看法。」

丁桃點點頭，眼睛裏閃出滿意的光芒，當即吩咐僕歐再端兩杯酒來，喝完，邀我到新界去遊車河。我說：「時間已不早，芬妮還在家裏等我吃晚飯！」

話語剛說出，丁桃驀地臉孔一板，悻悻然說：「芬妮，芬妮，總怕別人不知道你有個老婆似的，好，你要回家，立刻就走罷，誰也不能阻止你！」

說着，丁桃站起身，拾起手袋，疾步朝外急走。我馬上取出二十元，交與僕歐，連找續都不等，匆匆追了出去。

丁桃的車子停在街口，距離「賓閣」約有五十碼，如果不是這樣，也許就追不上了。丁桃見到我，故意綳緊面孔，沒好聲氣地問我：「做甚麼？」我當即以笑容代表歉意，拉開車門，請她先進入車廂。

12

這一晚，我拾到了一個舊夢，在極度興奮中，喝了不少酒。第二天早晨醒來，頭很暈眩，忙不迭翻身下床，走入盥洗間，用冷水沖頭。當我恢復清醒後，立刻離開丁桃處。回到家中，芬妮像一尊泥菩薩似的，板着臉，兀自坐在客廳裏。單看臉色，我斷定她昨晚沒有上過床。我心裏難過極了，怯然站在她面前，猶如犯人站在被告台上，靜候法官判罪。但是，芬妮抿着嘴，甚麼都不提，兩眼直瞪瞪的望着前面……我在渡輪上的時候，就準備好一套謊言。我準備芬妮會向我提出這樣的問題：「昨晚到甚麼地方去了？」如果這樣，我就笑嘻嘻的答覆她：「給朋友們留住了，打了一晚的麻雀。」但是，我的猜測完全錯了，當她見到我時，竟一句話都不問。這是完全出乎我意料之外的，我木然站立着，忍不住難堪的沉默，向她作了一個不必要的解釋：「三個朋友，一定要拉我打牌，其中之一輸了很多錢，不好意思停，所以打了個通宵。」她聽了我的解釋，臉上一點表情也沒有，站起，兀自走進廚房去了。

稍過些時，端了一杯鮮奶，兩隻雞蛋和幾塊牛油麵包來。我發現她的眼眶裏噙着淚水。

如果芬妮大聲責備我的話，我倒是不會覺得可怕的；但是她竟默然流淚了，這小小的幾滴淚水卻使我感到了難忍的內疚。我想：「芬妮待我這麼好，我應該尊重她那一份真摯的感情。」

但是，丁桃的魅力是無法抗拒的。芬妮的無聲抗議，並未發生效力。我開始為丁桃奔走了，一會兒找這個飲茶，一會兒找那個吃飯，表面上裝作替自己的雜誌拉稿，實際上卻在替丁桃拉攏。

過了些時日，丁桃逐漸變成熱門人物了，雖然沒有甚麼新聞發生，但是雜誌報章常有她的照片以及有關她的文字刊出。我自以為已經替丁桃鋪好路子了。正想到丁桃處去討功時，丁桃忽然打電話來：

「現在有空嗎？」她問。

「有甚麼事？」

「想跟你談談。」

「好的，我馬上就來。」

掛斷電話，立刻離開寫字樓，過海，去到丁桃處。丁桃臉色很難看，神情極其沮喪，手裏拿着一杯酒，似有無限心事。

「你不舒服？」

她搖搖頭，舉杯呷了一口酒，然後將酒往茶几上一放，用一種憤怒的語氣說：

「公司跟我解除合同了！」

這句話顯然使我大吃一驚，彷彿給人當胸捶了一拳似的，半天開不出口。接着丁桃點燃一支煙，一連吸了好幾口，終於將經過情形講了出來：

「今天早晨，老闆叫製片主任小張打電話給我，要我到公司去。我去到後，老闆特別客氣，親自替我端茶敬煙，我就下意識地感到事情有點不大對勁了。坐定後，他從抽屜裏取出一張報告表，仔細看了看，然後慢吞吞的對我說：『公司一直盡力要將你捧紅。但最近的兩部新片成績實在太壞了。到星馬一帶去拍外景，費用相當大，公司方面花了不少資金來製作這兩部電影，結果卻虧蝕了十幾萬……』」

「老闆跟你說這一番話用意何在？」

「證明我的叫座力已經減退。」

「就算叫座力已減退，又何必跟你說這些呢？再說，一部片子的成敗決不是某一個人的事，除了演員之外，導演，編劇，製片，甚至負責剪接，服裝，佈景，化妝的人全有責任。」

「但是老闆的想法永遠是這樣天真的。」

「他把所有的責任全部推在你的身上？」

「所以他決定在下一部片子要我擔任配角。」

「你怎樣表示？」

「我當然堅決反對。」

「可是你跟公司方面訂有五年的長期合同，你已經替他們工作了三年，還有兩年的期限。」

「這倒不成問題，因為合約上規定：只要雙方同意，隨時都可以解約。」

「老闆肯不肯？」

「他見我態度堅決，只好答應解約。」

「這樣說來，你已恢復自由身了。」

丁桃牽牽嘴角，臉上出現了一個並不代表喜悅的微笑。我站起身，走到酒櫃邊，斟了一杯酒，問她：

「與其做一個不重要的配角，還是脫離的好。但不知今後有甚麼新的打算？」

「我能有甚麼打算？」

「譬如說：自費拍片。」

「拍一部片，最少也要十萬八萬，我們哪裏去籌這一筆款子？」

「聽說自費拍片不一定要籌足了款子才可以進行的，只要將四屬的版權賣掉，其他的問題就容易解決了。」

丁桃聽了我的話，臉上那股悵惘的神情登時消失，呷口酒，用振奮的口氣對我說：

「這倒是一個辦法。」

於是我一本正經地對她說：「宣傳攻勢必須繼續進行，但是你也該積極籌備自費拍片。照我看來，劇本是一部片子的靈魂，一定要找一個適合你個性的好劇本。」

「但是，不知道你肯不肯幫我一次忙？」

「甚麼？」

「替我寫一個電影劇本。」

想不到丁桃竟向我提出這個要求了，我連忙搖搖手，說：「我從未寫過劇本，對電影又是一個門外漢，怎麼可以擔任這一項工作？再說，這一次自費拍片，旨在挽回你的已頹聲譽，豈可馬虎從事？」

但是丁桃卻搖搖頭，說：「正因為你不是一個職業劇作家，所以我才信任你。」

「這是甚麼意思？」

「理由很簡單：那些職業劇作家將作劇視為一種職業，雖然技巧比較純熟，但決不能花費太多的時間來思考，所以免不了草率……這一次的自費拍片，關係重大，只能成功，不許失敗，所以不能有一個草率的劇本！」

「話雖不錯，但是寫劇本非我所長，不若提高些報酬，請別人好好替你寫一個。」

「不，還是你來試一下，反正時間十分充裕，你儘可慢慢思考，萬一寫壞了，再找別人不遲。」

談到這裏，我也不便推辭了；不過，寫劇本究非易事，不熟行，更覺困難，事實上我當然不能在這個時候再去鑽研理論書。我平日也是一個影迷，看電影，旨在消遣，從未將它當作課本來研究。如今，認真要執筆撰寫劇本了，追悔於平時的不用功，顯然有無從落筆之感。

我曾經屢次找丁桃，表示無法擔任寫劇本的工作，希望她另外物色人才；但是她堅持要我試一試，還說對我有信心。

沒有辦法，我只好勉為其難地作一次嘗試了。

丁桃告訴我：「一部好電影必須有個好劇本；一個好劇本必須有個好的故事。」換一句說話，在執筆撰寫劇本之前必須想一個故事出來，這個故事不但要適合丁桃的個性，而且還要迎合觀眾的趣味。照說，想一個故事並不難，但是要想一個好故事，那就不容易了。

我想了三個故事：一個是現實的悲劇；一個是根據民間故事改編的神話劇；一個是歌舞劇。

以丁桃的個性來說，拍歌舞劇最為合適；退而求其次，神話劇也能一新觀眾的耳目；可是丁桃自己卻願意演一齣現實的悲劇。

於是，在丁桃的鼓勵下，我開始撰寫劇本了。我白天必赴寫字樓處理電影雜誌的事務；下班後，又得過海去跟丁桃磋商劇本的內容，留下來的時間只有晚上了。我必須利用夜晚的時間來替丁桃趕劇本，因此謝絕了所有的應酬。芬妮見我晚晚寫到深更半夜，很擔心我的健康。她說：

「何苦賺這筆錢呢？」

「受人之託，不能不寫。」

「你不是吃這一行的，他們怎麼會請你執筆？」

「他們認為新人執筆可以產生一些新鮮的東西。」

她歎口氣，不再出聲了。

兩個月之後，劇本寫成，由丁桃拿給葛導演去審閱，葛導演大為讚賞，認為難得的佳作；不過，有兩場戲必須修改：一場是落雨；一場是火燒。葛導演說：「並非落雨與火燒的場面不能拍，只是我們的設備較差，拍出來，一定不像樣。這是一齣現實的悲劇，失去真實感，就不會動人了。」

導演是一部電影的把舵者，他的意見等於法律，誰也不能背悖。於是，我又花了兩整夜，將劇本改好，交出後，終算鬆了一口氣。

有了劇本，丁桃就可以積極籌備自費拍片。她開始與周胖子之類的有錢人來往了，常常在家裏設宴打牌，目的在籌集拍片資本。

這期間，我專心搞雜誌，難得有機會過海去找丁桃。但是，每一次去到丁家，總見一幫男人在客廳裏飲酒、談笑、打牌……我覺得丁桃為了一部片子，將生活弄成如同交際花一般，實在不值。

有一天，丁桃打電話給我，約我在「半島」飲茶。她說場子已經租好了，不久即可開鏡。談及發行事宜，她告訴我：

「四屬的版權賣了四萬五，價錢不算好，也不能算太壞。菲律賓曼谷方面都希望我能隨片登台，理由是：小公司出品，如果不隨片登台，生意沒有把握。再說，我上兩部片子的成績不好，萬一這一次又失敗，那末，我的銀幕生命就非結束不可了。」

「但是，」我問，「你既不會唱歌，又不會跳舞，怎麼可以隨片登台？」

丁桃嫣然一笑，說：「這倒不成問題，學幾隻時代曲，決不會比拍一套片更難。」

我同意她的看法，而且認為隨片登台的確有助於營業。根據以往的例子，無論片子拍得怎樣糟，只要女主角肯登台，沒有不叫座的。國語片的觀眾比較喜歡貪小便宜，花一次代價，看兩種節目，就會心甘情願的掏腰包。

丁桃笑了，笑得很甜，眼睛裏充滿自信的神情。我取出煙盒，遞一支給她。她一連吸了好幾口，然後將香煙往煙灰碟上一擱，打開手袋，拿出一支筆和一本支票簿，笑嘻嘻對我說：

「這一次，你幫了我很大的忙，不知道應該怎樣感謝你才好？」

「何必說這些？」

「你花了很多心血，替我寫出一個好劇本，按照電影界的規矩，應該送你一點酬勞。」

「你怎麼跟我客氣起來了？老實說，這一次你自費拍片，我沒有為你籌資本，已經很過意不去了，哪裏還可以拿劇本費？」

聽了我的話，她終於將筆與支票簿重新放入手袋，牽牽嘴角，微笑着說：

「你待我太好了，教我怎樣報答你？」

「我待你好，並不是為了想得到你的報答。」

「那末，究竟為了甚麼？」

「為了忠實於自己的感情。」

丁桃又呈露了一個低顰淺笑，極媚，媚若蓮花初放。我貪婪地凝視她，使她感到了窘迫。於是，為了掩飾心情上的侷促，她提議到「樂宮」去看一場電影。我點點頭。她笑得更甜。

我跟丁桃已經很久沒有在一起遊樂了，這天晚上，我們玩得很愉快。深夜一點，離開夜總會，丁桃有了七分醉意。

第二天早晨，我起身時已經九點半，忽然憶起十點還約了一個代理商在寫字樓見面，忙不迭走去盥洗，東西都不吃，立刻過海去中環。

抵達寫字樓，那位代理商已經在等我了。我向他致歉；然後立刻開始商談，談了半個多鐘頭，終於非常順利地獲致了協議。

代理商走後，我剛想回家，電話鈴響了。拿起聽筒，原來是芬妮的聲音。於是，我像背書似的又撒了幾句謊：

「昨天晚上，朋友們一定拉我打牌，其中一個輸得很多，沒有辦法，只好……」

「不必解釋了，你現在有空嗎？」

「有的。」

「能不能馬上回來一次？」

「有甚麼事？」

「回來再說。」

「好的。」

掛斷電話，立刻離開寫字樓，匆匆趕赴德輔道，搭乘巴士回家。

13

回到家裏，芬妮躺在床上，臉色相當難看，使我不禁發了一怔。

「不舒服？」我問。

她搖搖頭，說：「剛才買餸回來，突然暈倒了，現在已經沒有甚麼。」

「怎麼會突然暈倒的？一定是因為我昨夜沒有回來，你擔心我在外邊出事了？」

「不是的。」

「你臉色不好看，讓我陪你去看一次醫生？」

「不需要。」

「芬妮，請你不要太固執，好不好？」

「我知道我的病不需要看醫生。」

「既然有病，就非看醫生不可。」

她不再作聲，只管眯細眼睛，露了一個淺淺的微笑。這個笑容猶如一個謎，使我益發感到困惑了。我堅持要她去看醫生，她只笑不答。但是，經不起我一再的慫恿，終於用很低的聲音對我說：

「本來不想告訴你的，但是你也有權知道。」

「究竟甚麼事情，這樣神秘？」

芬妮頓了一頓，再也包不住內心的喜悅，閃閃眼睛，說：「你快要做父親了！」

這句話，聲音雖然很輕，但是就我的感受來說，卻猶如晴天霹靂一般。我發了半晌愣，一種無可言宣的歡欣像火星一般的在我體內亂濺。我想：我必須好好對待芬妮。

芬妮臉上的笑容尚未消失，然而我的歡欣卻一下子變成內疚了。想起昨夜的事，我恨不得跪在地上求取她的饒恕。

為了芬妮，為了我自己，我必須停止與丁桃繼續來往。我的劇本已經交出，當然沒有必要再去找丁桃。

於是，我下了最大的決心：今後不再與丁桃見面。我認為：這樣做不但是應該的，而且有其必要。

足足一個星期，我沒有找過丁桃，也沒有主動地打電話給她。有時候，她打電話來，我一直推說有事。其實，她自已也忙於籌備拍片事宜，未必有空來陪我。

有一天，為了雜誌需要一些材料，我約了一位在電影公司當宣傳的朋友張桐在「告羅士打」見面。談到丁桃時，他歎口氣說：

「丁桃如果不離開公司的話，她的前途倒是相當樂觀的。」

「聽說她最近的兩套新片都不賣座？」

「不見得。」

「據我所知，公司方面鑒於丁桃叫座力已失，才同意跟她解約的。」

「這只是表面的理由。」

「難道還有別的內幕？」

「當然有。」

「請你講給我聽。」

「講給你聽，倒不成問題，可是千萬不要登出來。」

「是不是需要我發誓？」

「那倒不必。」

於是張桐呷了一口茶，故作神秘地壓低嗓子，說：「這是三年前的事，當丁桃投考被錄取後，剛從訓練班出來，生活相當清苦，正感一籌莫展之際，老闆忽然在家裏開了派對。丁桃以新星的資格走去參加，結果贏得了老闆的青睞……」

「關於這件事，我們早已知道的了。」

「但你不知道的事還在後頭。」

「甚麼？」

「那時候，老闆娘到澳門探親去了，所以根本不知道這一回事。三年來，丁桃與老闆間一直維持着一種曖昧的關係，不但老闆娘始終蒙在鼓中，甚至連圈內人也很少知道。最近，有人寫了一封匿名信給老闆娘，大概是為了報私仇，終於揭穿了這個秘密。老闆娘接獲信件後，立刻走到寫字樓去大發雷霆，非要開革丁桃不可。老闆因公司與丁桃訂有五年合約，須再待兩年，等合約期滿後始可解聘。但是老闆娘不肯，一定要老闆想辦法辭掉丁桃。」

聽了這一番話，我倒有點困惑不解了。據我所知，丁桃的脫離公司，完全是因為她的叫座力失去了，公司方面要她在新片中擔任配角，她不肯，因此在雙方協議之下解除合約。

「但是，」張桐卻說，「丁桃最近的兩部片子只在星馬一帶上映過，其他地區諸如泰、越、菲、港等都未公映，怎麼能夠斷定她的叫座力已失？」

「不過，星馬兩地的票房紀錄並不理想，卻是事實。」

「票房紀錄不理想，不能證明觀眾對丁桃已失興趣，也許是片子本身有問題。前幾天，我接到幾份星加坡與吉隆坡出版的報紙，在『娛樂版』裏看到了幾篇批評這兩部片子的文字，對於丁桃的演技，只說她的不能把握華僑的性格，完全是因為準備工作做得不夠，否則，當可有更動人的演出。換一句話說，觀眾們對丁桃仍未完全失去信心。」

「既然如此，賣座成績怎麼會這樣壞？」

「賣座成績並不太壞，只是不夠理想而已，照那篇批評文字看來，問題出在劇本。」

「劇本？」

「因為劇本出諸港人手筆，技巧雖好，對於星馬一帶的情形，卻一無所知。單憑想像寫出來的東西，當然搔不到癢處。」

張桐的話語使我恍然大悟了。我相信丁桃對這件事的內幕情形也未必清楚。我原想將這番話轉告丁桃，但是轉念一想，丁桃既已脫離公司，就沒有必要舊事重提了；再說，我已下決心疏遠丁桃，當然不必因此而自尋煩惱。不過，照這種情形看來，丁桃的前途，似乎並不如想像中的那麼黯淡，只要這一次的片子能夠叫座，她的銀幕生命一時還不會結束。於是，我問張桐：

「照你看來，丁桃此番自費拍片，會不會失敗？」

張桐兩眼骨溜溜的一轉，略一沉吟，說：「成功或失敗，誰也不能預料，不過，依丁桃的情形來說，即使失敗也沒有多大關係。」

「為甚麼？」

「因為丁桃的『自費』拍片，只不過是一種名稱罷了，真正掏腰包的，另外有人。」

「誰？」

「有一個姓周的胖子，很有錢，十萬八萬等於拔一根毛。」

「但是，錢的問題還在其次，丁桃一心要做大明星，如果這一炮開不響，她的夢就不能實現了。」

張桐頓了頓，沒有正面答覆我的問題，只是感慨地說了這麼一句：「像丁桃這樣的女人，不會沒有辦法。」

談到這裏，我們才「言歸正傳」。我說雜誌的銷數忽然下跌了，不知道甚麼緣故。猜想起來，不外乎這麼幾個理由：（一）同型雜誌問世者太多；（二）讀者們的購買力普遍降低；（三）雜誌本身的內容太差，不能滿足讀者的要求。

張桐眉頭一皺，仔細研究這三個原因，認為：「同型雜誌太多，決不會影響到銷路，理由是：店多成市，說不定會因此刺激銷數的上漲。至於讀者們的購買力，也不可能平白無故降低的；事實上，一般說來，海外華僑的生活水準正在逐漸提高中。」

「那末，一定是內容配不上讀者的要求了？」

「你那本雜誌的內容本來也不能算太壞，不過，競爭一多，就必須出奇制勝了。」

「所以我今天特地邀你出來，希望你能幫我想點辦法。」

張桐對於我的要求，似乎早已有了準備似的，立刻提供許多寶貴的意見，諸如改良印刷、增加篇幅之類，我全接受了。最後談到內容，他主張多刊一些電影圈的內幕新聞，因為其他的同型雜誌，很少刊載這一類材料。

「這個意見非常好，不過，」我說，「實行起來會有困難。」

「甚麼困難？」

「凡是內幕新聞免不了揭發他人的隱私，萬一白紙印上黑字，必會引起許多麻煩。舉一個例來說：美國的《秘聞》雜誌就常常被別人控告。」

「然而《秘聞》雜誌的銷數也是驚人的。」張桐點上一支煙，語氣中充滿了自信，「依據我的看法，內幕新聞未始不可登，重要的是寫作技巧，只要技巧高明，就不會引起任何麻煩了。」

於是，我靈機一動，打蛇隨棍地向他提出這樣一個要求：

「既然這樣，能不能請你幫我一次忙？」

「甚麼？」

「將丁桃解約的內幕寫出來。」

「不行，我剛才已經跟你說過了，這事不便公開。」

「如果寫得技巧一些，也許不會發生麻煩。」

「不，不，」張桐把頭搖得如同撥浪鼓一般，板着面孔說，「此事絕對不能刊登，萬一給老闆知道是我透露的消息，我的飯碗立刻就會摔破！」

「但是，雜誌的情形很壞，沒有一點刺激的材料，看來無法使銷數狂漲。」

「不，不，別的消息你儘管登，只有丁桃解約的內幕，請你千萬不要草率從事。我們是朋友，你得替我着想。」

「如果由我親自執筆呢？」

「別人也會知道是我供給的材料。」

「用我的真名發表？」

張桐見我如此焦急，態度也不像剛才那麼堅決了，低着頭，仔細權衡此事的輕重。我見他已被我說動了，連忙加上這麼幾句：

「張桐，我們是老朋友，你當然清楚我的情形。自從離開那家報館後，我是向別人挪借了一筆資金來搞這本雜誌的。起先，情形還不差，我依靠它解決了生活問題。如今，銷路直線下跌，如果再不想辦法，那就非關門不可。雜誌一關門，不但我的生活立刻成問題，而挪借來的那筆資金將用甚麼辦法去歸還？所以，無論如何，你得幫我這一次的忙！丁桃此次解約的事情，很受影迷注意，倘能將內幕透露出來，一定可以刺激銷數上漲。」

張桐皺緊眉頭，臉上呈露為難之色，抿着嘴，低頭陷入沉思，半晌過後，才說：

「如果你一定要發表這個內幕消息的話，我也無法阻止你；不過，你必須答應我三件事：（一）不要寫得太露骨；（二）行文必須客觀；（三）千萬不要對任何人透露消息的來源。」

三個條件，我全答應了；同時還向他致深切的謝意。分手時，他似乎還有點不大放心，千叮萬囑要我審慎處理。他說：「此事萬一給老闆查出，我的飯碗就破了。」我說：「請你不要擔憂，我決不會害你的。」

回到寫字樓，我親自撰寫此文，落筆特別小心，以免引起不必要的麻煩。此外，還找了一些精彩的圖片來配合文字。

雜誌正值付印的時候，為了這篇東西，不得不將別的文章抽起，因此延擱了出版日期。

文章刊出後，圈內頗轟動，但是讀者方面的反應如何，一時還無從探悉。

丁桃打電話來，要我立刻去一次。我怕她責怪我，故意推說事情太忙，抽不出身。但是丁桃不斷的打電話來，一定要我抽空去一次，我拗不過她，只好勉為其難地答應了。

見到丁桃時，她獨自一個人坐在客廳裏。我問她：

「有甚麼事？」

她板着臉，沒好聲氣地反問我：「為甚麼老是避我？」

「雜誌銷路大跌，一定要集中精神去搞，否則，恐怕非關門不可。」

「是不是因為雜誌銷數跌，所以存心要出賣我了？」

「沒有這個意思。」

「既然沒有意思出賣我，為甚麼要刊登這篇文章？」

「這篇文章絕無譭謗你的意思。」

「那末為甚麼說我跟公司的某高級職員有曖昧關係？」

「因為這是此次解約的真正原因。」

「即使是的話，也不必公開出來。」

「我要影迷們知道解約與你的叫座力無關，同時，趁此替你的新片做一點宣傳工作。」

「只有這麼兩個理由？」

「我當然也希望這篇文章會刺激雜誌銷數的上漲。」

丁桃把臉掉過一邊，假裝看窗，好大一會沒有聽到她說甚麼。我見她神情很不自然，只好站起身，走到酒櫃邊斟了兩杯酒，遞一杯給她，然後柔聲細氣地換話題：

「前些日子，看日報的娛樂版，知道你的片子已經開鏡了。」

「你也不來向我道喜。」

「實在太忙，雜誌社的事搞得我頭昏腦脹，外埠的書款老是拖欠不付，而這裏的印刷費卻又非付不可，為了張羅現錢，逼得成天奔忙……你最近怎樣？拍片工作進行得順利嗎？」

丁桃這才轉過身來，從茶几上舉起杯酒，呷了一口，閃閃黑亮的眸子：

「工作倒相當順利，只是我還在擔心……」

「擔心甚麼？」

「片子公映時，萬一不叫座，我的銀幕生命就結束了。」

「除非我的劇本寫得不好，否則，一定不會失敗。」

「你有這樣的信心？」

「我對你的信心始終沒有失去。」

丁桃這才露了笑容，淺淺的，然而具有一種不可抗抵的魅力。我曾經為了忠於良知，盡量約束自己的感情，不與丁桃來往；如今，再一次見到那蠱惑的笑容，情感猶如脫韁的馬，理智扯起白旗。

於是，拋開一切不遂心的事情，我們一同到「香檳酒樓」去吃飯了。這一晚，「香檳酒樓」相當熱鬧，認識丁桃的人特別多，而且大部分是電影圈內的人物。有兩位「攝記」拿了照相機到處擺鏡，其中有一位趁便替我與丁桃也拍了好幾張。我問：

「究竟誰在這裏請客？」

「一位作曲家做生日。」

「你不去道喜？」

「我不認識他。」

「場面好像很熱鬧，看樣子，最少有十幾桌。」

丁桃不再答話，只管點菜。許多食客的目光如同探照燈一般，老是集中在丁桃身上。丁桃究竟是個會演戲的人，處在這種場合裏，不但不感到窘迫，抑且搔首弄姿，始終保持安詳的態度。她喝了不少酒，也頻頻勸我喝。跳舞時，細聲責備我：

「你變了。」

「何以見得？」

「你不再像從前那麼喜歡我了。」

「沒有，絕對沒有。我對你的感情是始終不變的。」

「謊話！自從你結了婚之後，你就變了。」

「這完全是心理作用。」

「不，我心裏很清楚，自從你結婚之後，就不喜歡我了。」

「唉！說起來，也許你不相信，我雖然跟芬妮結了婚，但是從未真心愛過她。」

「不愛她，為甚麼跟她結婚？」

「因為我一直愛的是你。」

丁桃忍不住哄笑了，邊笑邊說：「你完全把我當作小孩子。」

「但是我說的句句都是實話！」

丁桃搖搖頭，怎樣也不肯相信。於是，我直率地告訴她：

「我之所以遽爾跟黎芬妮結婚，完全為了你。」

「為了我？」

「因為我想忘掉你。」

「為甚麼？」

「我不能愛上一個並不愛我的女人。」

「你的懷疑是多餘的！」

「我甚至懷疑你是否真心愛過一個男人。」

丁桃又笑了，說我有一張善於撒謊的嘴。我極力為自己申辯。舊情如同死灰一般，熊熊復燃起來，當酒意消失時，我心裏很亂，以為是喜悅，倒也有點悲傷。

14

走出大廈，天氣悶炙炙的，彤雲四佈，一點風也沒有。我原想先去寫字樓辦公，又怕芬妮在家裏擔憂。過海後，立刻僱的士回家。回到家裏，發覺芬妮伏在桌上飲泣。

「為甚麼又流淚了？」我問。

聽到我的聲音，她驀地抬起頭來，臉上呈露着悻悻然的神情，用冷峻的淚眼對我一瞅，問：

「是不是又去打牌了？你說！」

給她這麼一問，我倒怔住了，呆呆地望着她，找不出適當的話來回答。

「你說，」她像雞叫似的吼起來，「是不是又去打牌了？」

「沒有。」

「既然沒有打牌，為甚麼到現在才回來？」

「到……到攝影場去看拍戲。」

「不要撒謊！你自己拿去看！」

說着，從桌面拿起一張當天的小型報，憤然擲在地上。我傴僂着背，將報紙拾起，攤開一看，原來這張小型報以巨大的篇幅刊載作曲家壽宴的經過情形，其中有兩張照片是我與丁桃的。

我知道事情已經無法隱瞞，只好坦白承認昨夜跟丁桃一同進餐。

「她請我吃飯，完全是因為要我幫她寫了一個劇本。」我作了這樣的解釋。

但是芬妮對於我的解釋顯然不能感到滿意。

「吃過晚飯？」她問。

我怔住了，答不出甚麼理由來，點燃一支煙，藉以掩飾自己心情上的狼狽，然後嚅嚅滯滯地對她說：

「後來……她要求我到攝影場去看拍戲……我本想不去，但是經不起丁桃的一再慫恿，我終於去了……你要知道，這劇本是我寫的，我當然多少有點好奇。」

芬妮瞪大淚眼，痴痴的望着我，半晌，忍不住兩淚滔滔，雙手蒙住面龐，伏在桌上，嘩啦嘩啦地哭泣起來。從這一個動作裏，我知道芬妮對我已失去信任；但是她是一個有身孕的人，不能因過分的悲傷而壞了胎兒。於是，我走到她身旁，柔聲細氣的勸慰她，並向她保證：今後絕對不在外邊過夜。不料，芬妮忽然抬起頭來，憤然以掌擊桌，連哭帶喊地嚷起來：

「走開！我不要聽你的謊言！」

芬妮從未用這樣的態度對付過我，因此使我非常憤恚了。一撮不可壓制的怒火，驀地燒燃起來，我立刻撥轉身，悻悻然走了出去。

在人行道疾步行走時，我聽到芬妮的聲音在背後呼喚。我原擬停步等她的，但是我正在盛怒中，情緒極其激盪，幾乎完全喪失理智。

走了一段路，芬妮的呼聲仍未停止，天上屢有藍森森的閃電射來，悶雷滾滾，眼看就要下雨了。對街有幾架的士停在那裏，我疾步穿過馬路，坐入車廂，吩咐司機駛往統一碼頭。司機發動引擎時，從車頭的反射鏡中，我看到芬妮也疾步奔過馬路，坐上另一架的士。車子駛入平坦的軒尼詩道，天就下起傾盆大雨來了。雨佔領了一切，兩旁的商店已完全無法看清。

五分鐘後，車抵干諾道中，我吩咐司機停車，付了錢，走出車廂，匆匆向對街奔去。雨聲沙沙，但是仍能聽到芬妮在背後喚我。

我的怒氣仍未消除，所以沒有停步。當我走上對街的人行道時，一聲驚心動魄的煞車使我怔住了。

站在雨條中，我意識到發生了一樁不幸的事情，接着，聽到有人大聲吶喊：

「車傷人了！」

我忙不迭撥轉身，疾步向雨中奔去，發現躺在街上的傷者竟是芬妮。

雨很大，我將芬妮抱到街邊。警察匆匆走去打「九九九」。芬妮的額角擦傷了，正在流血。我極力撫慰着她，勸她不要緊張。她閉着眼，臉上呈露着痛苦的神情。

「芬妮，請你原諒我。」

芬妮依舊閉着眼，不作聲。

一會，救傷車來了，男護士將芬妮抬入車內，我則獲得司機的允許，陪同芬妮前往瑪麗醫院。

經過醫院的診斷，芬妮流產了。對於我，沒有比這更使我傷心的事了，我感到了難以排遣的內疚，既悔且怨，恨不得捉住自己一陣揍打。走進病房，面對緊閉眼睛的芬妮，心似刀割，欲哭無淚。我做了一樁錯事，可能一輩子的追悔也無法將它從我心底剔除。

在床榻邊坐了三個鐘頭，芬妮醒了。當她見到我時，不說話，卻流了不少淚水。我向她認錯，我向她懺悔，我求取她的寬恕；但是芬妮悶聲不響，只用眼淚代表回答。我想：芬妮是不肯寬恕我的。

第二天早晨，我在上寫字樓之前，先到醫院去探視芬妮。據護士悄聲告訴我：「尊夫人已經知道自己流產了。」我歎口氣，推門入內。芬妮側過臉來，眼睛充滿了仇恨的神情。我走到床邊，一開口，便求她原諒我，她生氣地將臉掉過一邊，假裝看窗，給我一個不理不睬。我說了許多責備自己的話語，她卻始終一言不發。

芬妮的不肯開口，使我的良知陷入最大的困擾。我不能整天陪着她，只好懷着悵惘的心情離開醫院。

如果是一隻碗破了，也許可以打補釘；但是兩夫婦的感情破裂了，還有甚麼可以補救？

我知道芬妮對我的憎恨暫時是無法消除的，不過，時間是治療創傷的特效藥，唯有寄望於未來了。

15

在最初的一個星期中，我天天去醫院探視芬妮，然而芬妮始終沒有跟我交談過一句。出院那天，我僱車接芬妮回家。芬妮並不拒絕茶飯，只是不肯說話，不露笑容。

我心裏十分煩躁，又無心去寫字樓做工，因此想到了丁桃。在目前這種處境中，只有丁桃最了解我的心情。我先打了個電話給丁桃，說我心煩，想找她談談。她表示歡迎，只是白天要拍戲，約我晚上九點鐘到「新雅」去吃飯。

見面時，我將芬妮流產的情形告訴丁桃。丁桃聽了，極表同情。

於是我們向夥計要了些酒來，不為別的，只想暫時忘記哀愁。丁桃喝得很爽，說是一連拍了幾個通宵，直到今天傍晚時分才拍完那堂佈景，鬆了一口氣，很願意痛痛快快地喝幾杯。

當我們都有了幾分醉意的時候，丁桃拉我下舞池。那是一支流行已久的〈蒙娜麗莎〉，丁桃喜歡聽，我也喜歡。我們開始陶醉在一種夢樣的境界中，驀地亮起一下刺眼的閃光，定睛一瞧，原來是一個攝影記者替我們拍了一張照。丁桃是拍慣照相的，對於諸如此類的事絕對不會大驚小怪；但是我不同，我無意在現實生活中替明星充當配角。丁桃說我做人太認真，其實我只是反對將生活當作戲來演。

丁桃知道我不開心了，百般勸慰我，要我多喝幾杯酒。我依照她的意思，一連喝了三杯，但是心裏的煩愁仍未消失。

十二點敲過，我提議回家，丁桃不反對。

走出「新雅」，仍由丁桃駕車，我請她送我到尖沙咀碼頭，她把車子駛到自己家門口。

「我該回家了。」我說。

「忙甚麼？我要你跟我上去喝一杯酒。」

「不，實在喝不下了。」

「一杯都不喝？」

「還是讓我回去吧。」

「咦！你這人說話倒也有趣，誰攔住你不讓你回去？你要走，就請吧！」說罷，打開車門，兀自走進大廈去了。我知道她已生氣，不敢背悖她的心意，只好勉為其難地跟在她背後。走入電梯，她沒好聲氣地問我：

「你不是說要回家去了？」

我不出聲。丁桃終於露了勝利的笑容。

丁桃用鑰匙啟開大門，發現客廳燈火通明，不免吃了一驚，定定神，才看清周胖子獨自一個人坐在沙發裏，繃緊面孔，動也不動，像極了土地廟裏的泥菩薩。

丁桃立刻堆上一臉尷尬的笑容，走上前去，用嬌滴滴的語調問他：

「你不是說有事要到澳門去？」

周胖子兩眼一瞪，聲色俱厲的反問她：「所以你就帶別的男人到這裏來了？」

丁桃靈機一動，用手指朝我一點，演戲似的，作了這樣的一個解釋：

「他呀，他是報館的編輯先生，剛才到攝影場來向我拿照片，我手頭沒有，所以帶他到家裏來取。」

聽了這一番話，我不由得怒往上衝，橫橫心，立即撥轉身，朝外疾走。

走到街上，恰巧有一輛的士駛來，揮手招停，吩咐司機前往尖沙咀碼頭。

我雖已有了幾分醉意，但是心緒亂若糠絲一般。剛才那一幕，給我的印象實在太深了。周胖子的嘴臉，令人看了作嘔；而丁桃的態度，也完全出乎我意料之外。丁桃時常在我面前表示討厭周胖子，但是見到他時，卻又畏怯得如同老鼠見了貓。如果說：周胖子是丁桃的經濟後台，丁桃也該保持女性的矜持。

我的情緒壞到了極點，腦子裏充滿許多難解的問題。回到家裏，芬妮似已睡着。我走進盥洗間沖個涼，斟了一杯酒，兀自站在窗邊，陷入夢樣的沉思。

我不知道甚麼時候上床的，醒來已是第二天中午了。芬妮已外出，但是她的身體仍未完全康復，實在是不應該出街的。

很頭痛，大概是因為隔夜喝多了酒的關係。想吸一支煙，走近書桌邊，沒有找到煙盒，卻在書桌上找到一封信。

看筆跡，知道是芬妮寫給我的。

我不知道芬妮為甚麼要寫這封信給我？拆信時，我的手發抖了。

信上這樣寫：

——「今天的《彩虹日報》上，刊登了三張你跟丁桃的照片，說你們昨夜在『新雅酒樓』喝酒跳舞。你們跳舞時的模樣親暱得使我不敢信任自己的眼睛。報紙上的標題說丁桃已找到新的愛人，不錯；要不然，你也不會在我健康尚未復原的時候，就這樣高興。過去，我對於你的情感始終存有懷疑；如今，我終於恍然大悟了。我知道你並不因為想得到甚麼，才跟我結婚的；你是為了要逃避，才把我當作一種藥物。我們結合並無真實的感情作基礎，所以非常脆弱，與其將來形成更嚴重的後果，不如早些分手。所以，我決定離開你了。請你不必來找我，除非你要我在離婚紙上簽字……」

信的字跡非常潦草，猜測起來，大概有兩個理由：（一）寫信時情緒激盪；（二）病體尚未復原。

單看這潦草的筆跡，已不難想像芬妮寫信時心境的悲愴了。我覺得很對不起她，所以必須將她找回來。

我過海去到黎家，芬妮的母親問我：「為甚麼又吵架了？」我當即將芬妮流產的經過情形告訴她。她歎口氣，說：

「如果是這樣的話，暫時最好不要見她。」

「為甚麼？」我問。

「因為，她正在氣頭上，任何解釋都不能發生作用。」

「那末，請你告訴她一聲：我已經來過了。」

「好的。」

「我後日下午再來找她，最好請她不要出去。」

「好的。」

我走出黎家，心緒十分紛亂，站在街角，惘惘然，莫知所從。芬妮為了丁桃而離開我，但是在這情緒最惡劣的時候我急於想見的人仍是丁桃。這是甚麼心理，很難解釋，不過當時的情形也的確是如此。於是，我僱車去到丁桃處，沒有甚麼目的，只想借此沖淡自己對芬妮的思念。

丁桃已起身，正在客廳裏吃東西，未施脂粉，依舊不減嫵媚。我一心以為丁桃見到我會高興的，然而事實卻剛剛相反。當她見到我時，不但不露笑容，而且態度極其冷淡，與昨夜的情形完全不同。

我頗感詫異了，百思不獲其解，直瞪瞪的望着她，靜候她開口。她似乎特別有耐心，見到我，裝作沒有看見的神情，只管低着頭吃東西。我無法猜測這是怎麼一回事，唯有打開日報來閱讀。丁桃也訂有《彩虹日報》，打開一看，那三張照片使我心驚肉跳。一會，丁桃終於開口了：

「今天怎麼有空到這裏來？」

「心境不好，想找你談談。」

「有甚麼好談？」丁桃臉色一沉，沒好聲氣地說，「今後如果沒有甚麼要緊的事，最好不要再來找我！」

丁桃的話語，不但使我感到意外，抑且像晴天霹靂一般，使我大大的吃了一驚。我完全無法想像丁桃會在短短的十幾個鐘頭裏變得如此無情。

「我不明白你的意思。」我說。

她扁扁嘴，點上一支煙，毫不保留地說：「我想我們以後還是少接近的好。」

「為甚麼？」

「因為太過接近的話，會影響我的事業。」

「我不明白你的意思。」

丁桃刷的板起面孔，將長長的煙蒂子往煙碟裏一擲，站起身，故意吊高嗓音：

「既然如此，那末讓我坦白告訴你吧。我此次自費拍片，周胖子出的錢最多。目前，片子剛剛拍成三分之一，場租、服裝、演員酬勞等等全還沒有付清，如果在這個時候得罪周胖子，我的銀幕生命就非結束不可了。你當然知道此次自費拍片對我是如何的重要，不成功，說不定永遠翻不了身，所以……」她頓了頓，堅決地加了這麼一句：「我們還是疏遠一點的好！」

想不到丁桃竟跟我說出這種話來了，無情，無義。我氣極，望望丁桃，那繃緊着的面孔上蒙着一層拘謹不安的神情，令人望而生畏。

於是，我放下手裏的報紙，一句話不說，默然離去。

16

我一連接受兩次打擊，情緒壞到極點，回到寫字樓，完全無心做工。芬妮的遽爾離開我，使我感到內疚與慚愧；丁桃的翻臉無情，使我感到痛恨與怨懣。我的內心進入交戰狀態，說不出是甚麼感覺，總之非常不好受。驟然間，世界黯淡了，再也沒有甚麼值得留戀的東西。我有意逃避，然而沒有勇氣自殺，於是想喝酒。

我變成酒徒了，整整兩天在醉鄉中打發日子。到了第三天，我強自保持清醒，先去理髮，然後穿上較新的西裝，懷着一種僥倖的心理，過海去找芬妮。

芬妮沒有出街；見了我，始終悶聲不響。我說了許多話語，求取她的諒解。她咬着嘴唇，不理我。

事情顯已無法挽救，芬妮的態度非常堅決；儘管怎樣解釋，一點用處也沒有。

我是悔恨交集了，內心充滿矛盾，忍不住痛苦的煎熬，終於流了眼淚。但是淚水並不能發生作用，芬妮依舊不肯接受我的道歉。我甚至懇求岳母代我說項，結果也是一樣。芬妮意志已決，誰也無法說動她的心。

事實證明我的努力失敗了，我廢然離開黎家，希望時間能夠沖淡芬妮對我的憎恨。

從此，我的生活起了很大的變化，整日酗酒，將自己囚禁在斗室裏。我再也靜不下心來搞雜誌，只覺得那是一種負擔。如果不是為了怕朋友們追債，我早就決定停刊了。事實上，在這種情形下編出來的雜誌，當然不會精彩。雜誌本身的競爭又多，內容貧乏的，必然會被讀者所遺棄。

雜誌的銷數一期繼一期的往下跌，我的情感一天比一天壞。朋友們看到了這種趨勢，紛紛走來勸我，說是再不振作，雜誌非關門不可。

我對於雜誌社關門的可能性倒並不擔憂，我擔憂的是芬妮不肯原諒我的過失。

一個星期日的早晨，滴酒不飲，先到理髮店去修面剃鬚，然後穿得整整齊齊的，過海去找芬妮。芬妮不在家，問岳母，才知道芬妮與女朋友合資開了一間小型童裝店，只有半邊舖面，生意還不錯。芬妮很努力，日以繼夜地車衣，決不馬虎從事。

聽了岳母的話語，我認定重圓的希望已不存在，但是我仍渴望與芬妮談一次話。

從岳母處獲悉童裝店的地址，立刻僱車前往，果然找到了芬妮。芬妮正在車衣，見到我時，態度非常冷淡。我邀她到附近茶餐廳去坐一下，她不肯。她那種凜然不可侵犯的神氣，使我不敢堅持自己的意思。沒有辦法，只好當着別人的面，求取她的諒解。但是她老是低着頭，聚精會神地車衣，不開口，彷彿完全沒有聽到我的話語。

顯而易見的，芬妮對我的憎恨仍未消除。我不能勉強她，唯有廢然離去。這一次的會見，比預期的結果更壞。我是萬念俱灰了。

於是繼續酗酒，企圖借此從現實生活中逃避到另一個境界。但是，逃避不但不能解決問題，抑且使問題更趨複雜。由於我的惰性常發，雜誌一再脫期。明知「脫期」將使讀者對雜誌本身失去信心，可也並不設法補救。雜誌銷數繼續下降，加上代理商經常拖欠書款，情形愈來愈糟。當我清醒時，我不能不感到憂慮；但是當我感到憂慮時，我就以酒澆愁。

追債的人川流不息，使我連寫字樓都不敢踏進一步。印刷所等着要排稿，我躲在家裏對窗獨飲。

過了些時日，報上登出一段有關丁桃的消息，說丁桃的片子已經殺青了，試過片，看過的人都說不錯。

又過了些時日，報上刊出此片的大幅廣告，說是星期五晚上九點半起，開始在本港「大都會戲院」公映；丁桃決定隨片登台，以資號召。我很想看看自己編的劇本，搬上銀幕後，變成甚麼樣子。於是先到戲院去預購了一張九點半的票子，而且極力壓制自己，滴酒不飲，保持清醒。很久以來，我沒有這樣振奮過。這一晚，我的心緒忽然轉好。坐在電影院裏，欣賞着自己編的劇本在銀幕上形象化了，當然會發生一種別人無法體驗得到的親切感。

我對於葛導演這個人，一開始就沒有好感；但是看過這張片子後，對於他的導演手法，則衷心的折服了。他不僅忠實地執行了使劇本形象化的責任，同時通過了高度藝術手腕，讓劇旨更有力更突出更顯明地呈露在觀眾們眼前。葛導演很有辦法把握觀眾們的情緒，當他要觀眾們發笑的時候，觀眾們笑了；當他要觀眾們悲極落淚時，觀眾們就哭了。

毋庸置疑，這是一部近年來罕見的優秀作品，題材現實，樸實可愛，不矯飾，不流於俗，有正確的意識，且不賣弄虛浮的花巧。

當片子在放映的過程中，我一再暗察觀眾們的反應，發現觀眾們的情緒常被劇中人的遭遇所控制，連咳嗽聲都很少。

我一直擔心這部片子不能為觀眾所接受，理由是：近期國語片的路線忽然轉了向，製片家們為了賺錢，大量製作神怪武俠片，甚麼劍呀、俠呀、魔呀、猿呀，幾乎沒有一部片子不以打鬥場面為號召，沒有一個女主角不練習武功，銀幕變成技擊場，誰也不再關心現實。

現在，事實證明丁桃的新片成功了，觀眾們仍未完全失去良知，對於用嚴肅態度製作的片子，依舊歡迎。我很替丁桃高興。

當片子放映完畢後，丁桃婀婀娜娜的走到台口，我不由自主地流了眼淚，還隨着其他的觀眾瘋狂鼓掌。從這熱烈的掌聲中，我得到了幾個結論：（一）丁桃在這部片子裏的演出成功了；（二）神怪武俠片將受到打擊；（三）國語片仍有前途；（四）丁桃本人已獲得一個光輝燦爛的開始；（五）她的公司將可以有一番作為了。

丁桃的成功使我的內心掀起一陣激盪，眼望着站在麥克風前引吭高歌的丁桃，彷彿完全聽不到她的聲音，只想從她身上尋找舊日的情意。丁桃打扮得特別漂亮，有紅有綠，雖然俗氣一些，倒也相當具有吸引力。

愛情就是這樣一種奇異的東西，會使死去的灰燼復燃；會從憎恨中開出花朵來。

我一直以為我已忘情於丁桃，如今見到丁桃後，才知道還沒有。事實上，我對她的憎恨只不過是變相的愛情罷了。我必須承認我是一直愛她的。我的所作所為，幾乎沒有一樣不受她的影響，即使不在一起的時候，也是如此。

當丁桃在觀眾的鼓掌聲中退入後台時，我的情緒已近沸騰。我好像失去了甚麼；又好像獲得了甚麼。我很想借道賀為藉口，到後台去跟丁桃談幾句話。但是，隨着人潮走出電影院時，我的勇氣完全消失了。我想：今晚是丁桃第一次登台，道賀的人必定很多，我若也去湊熱鬧的話，不但無法跟丁桃暢談，可能會因為遇到周胖子而引起她的不滿。

夜漸深。戲院門口的熱鬧氣氛慢慢散開了。我無意繼續逗留下去，翻起衣領，只想找個地方喝些酒。

戲院鄰近有一間夜總會，不大，但情調頗好，灣仔或銅鑼灣一帶舞女們，每喜帶客人到這裏來吃消夜。

我揀了一個角隅的座位，向僕歐要了威士忌。此時，音樂聲起，奏的是〈蒙娜麗莎〉，十分動聽，但是我腦子裏老是想着丁桃。

這一晚，我喝了很多酒。

17

第二天中午醒來，發現自己躺在家裏；完全想不起是怎樣回來的。我覺得頭痛，需要沖一個涼。經過凍水一淋，頭痛稍為好了些，腦子也清醒了。

正擬穿衣出街時，忽然有人敲門，匆匆走去啟開，原來是借錢給我辦雜誌的邱世英。

「有甚麼事嗎？」我一邊將他迎了進來，一邊問。

世英坐定後，正正臉色，說：「昨天晚上，誰送你回來的？」

「不知道。」

「唉！如果事情不那麼湊巧的話，也許你現在已拉入差館去了。」

「拉入差館？」

「昨天晚上，我在朋友家裏打牌，牌局結束，已經兩點敲過，那朋友親自駕車送我們回家，路過英皇道，人行道上忽然有個人影跌跌撞撞地奔過來，幸而及時煞車，總算沒有闖禍。」

「這件事跟我有甚麼關係？」

「因為那個幸而未被撞倒的路人就是你！」

我聽了，不覺捏了一把冷汗，暗忖：原來昨晚送我回家的就是邱世英，於是斟茶敬煙，當面向他道歉。邱世英默然吸了一陣煙，忽然向我提出一個問題：

「雜誌社的情形怎麼樣？」

「不大好。」

「聽說常常脫期？」

「是的。」

「而且內容也愈來愈貧乏了。」

「我知道。」

「可是這兩樣都是很重要的事情，會影響銷路。」

「我也知道。」

「那你為甚麼還不趕快想辦法補救？」

「我心情太壞。」

「朋友，」世英用一種老大哥的口氣對我說，「別讓女人影響你的事業。」

我低頭不語。

他將煙蒂撳入煙灰缸時，板起面孔問我：

「雜誌能夠維持下去嗎？」

「很困難。」

「那末，我幫你找來的那筆開辦費怎樣解決？」

「世英，請你放心，這筆錢我一定會設法歸還的。」

「換一句話說，你對雜誌已經不再寄存任何希望了？」

「我沒有心情搞！」

「為甚麼不能夠振作精神？」

「事實並不如想像那麼簡單。」

世英顯然有些生氣了，感喟地說了一句：

「想不到你會變成這個樣子！」說着，立刻霍然站起，疾步走到大門口，站定，回過頭來，對我說：「關於那筆款子的事，希望你不要失信。」

「不會的，你儘管放心好了。」

這樣，邱世英就離開了。我悵然若失的回入房內，心裏非常難過。照說，世英待我那麼厚，這筆錢當然非還不可，但是雜誌社的情形這樣壞，拖下去尚且成問題，哪裏有辦法歸還這筆錢。如果是別的行業，虧了本，無法繼續做下去的話，多少總還有些生財工具可以變賣；唯獨這一行，到了生意做不開的時候，除了枱椅外，再也不會有甚麼值錢的東西了。

何況，世英幫我挪借的那筆款子，數目不算少，一時很難籌得到。

縱然如此，為了維持自己的信用，我必須設法歸還世英這筆錢。雜誌的失敗是一件事，朋友的結交又是另外一件事。我不能因為雜誌的失敗而犧牲寶貴的友誼。為了這個緣故，我必須設法歸還這筆錢。

雜誌本身是負債的，外埠代理商的書款即使匯來，以之全部交給印刷所，也不夠。

在這種情形之下，如果我想維持信用的話，只有一個辦法：向丁桃商借。

丁桃此次自費拍片，獲得極大的成功，不但叫好，抑且叫座。據報上的消息，外埠的片商鑒於丁桃票房價值已提高，紛紛走去找丁桃商談第二部新片的版權問題。丁桃自己亦已向報界宣佈：第二部新片正在積極籌備中，原則上拍彩色片，不過，劇本尚未定奪。

正因為是如此，我決定去找一次丁桃了，一來，看她是否有意叫我再替她寫一個劇本；二來，想趁此向她商借兩萬塊錢。我當然不能貿然向丁桃開口。不過，如果她認為我的劇本可以幫助她事業成功的話，這筆款子應該視作劇本費的預支。一萬塊錢雖然不能算是一個小數目，但是在丁桃，也許不會太困難，尤其是這個時候。

於是，我鼓足勇氣打了一個電話給丁桃，問她有沒有空。丁桃聽到我的聲音，起先有點詫異，過後就追着問我：「有甚麼事嗎？」我說：「見面時再談。」她說：「那末，現在就來吧。」

我立即過海，懷着一種振奮的心情。說振奮，倒並不是因為我找着了一個可以借錢的對象，而是因為我已很久沒有見到丁桃了。

見到丁桃時，我的情緒突然緊張起來，說不出甚麼道理；但是實際情形也的確是如此。丁桃比前一個時期似乎稍為豐滿了些，容光煥發，梳着最新式的髮型，顯得特別嫵媚。據我的猜想：一定是因為心情好轉的關係。

坐定後，工人端茶來。丁桃親自遞一支煙給我，還扭亮打火機替我點火。吸煙時，她用缺乏鼓勵性的語氣問我：

「很久不見你了，你好？」

這句問話，冷得像塊冰，將我跟她的情意幾乎完全凍結了。我是懷着滿腔熱情來的，此刻已經連正視她的勇氣也沒有了。

「你為甚麼不說話？」她問。

我這才似夢初醒地抬起頭來，望望窗，愣了大半天，然後感喟地歎息一聲：

「雜誌的情形很壞，恐怕非關門不可了。」

「這是多麼可惜的事，有沒有辦法挽救？」

「不但沒有辦法挽救，而且還有問題不能解決。」

「甚麼問題？」

「當初辦這個雜誌的時候，曾經向朋友挪借了兩萬塊錢，一萬繳與政府作為保證金；另外一萬則是流動金。如今，雜誌已無法繼續維持下去，那繳給政府的一萬塊錢是可以拿回來的；但是另外那一萬就……」

丁桃聽到「錢」的問題，忽然站起身，故意找一句毫不相干的話語岔開去：

「我給你斟酒去。」

「我不想喝。」

「你瞧你這個人，喝杯酒怕甚麼？」

「不是怕，而是我沒有喝酒的心情。」

「來，來，我給你去斟一杯。」

說着，她已走到酒櫃旁邊，斟了兩杯，婀婀娜娜地走到我面前，遞一杯給我。

我將煙蒂撳熄在煙灰碟裏，接過酒杯，呷了一口，繼續對丁桃說：

「為了這一萬塊錢，我實在煩透了。我不能失信於朋友，一時又沒有辦法籌到這筆數目，所以只好走來跟你商量一下。」

丁桃聽了我的話，立刻繃緊臉孔，呈露了一種無能為力的神情，只管喝酒抽煙，企圖用這些動作表示她的不悅。

經過一番難堪的噤默後，她牽牽嘴角，極不自然地笑笑：

「我正在積極籌拍第二部片子，而且決定拍彩色，成本大，一時恐怕無法幫你的忙。」

想不到丁桃竟會直截了當的拒絕給我幫助了。我非常沮喪，彷彿給人捶了一拳似的，呆呆的望着她，不知道該說些甚麼好。丁桃的態度倒十分安詳，昂起頭，將杯子裏的殘酒一口飲盡；然後取出一支香煙，點上火，悠閒地吐着煙圈。

我看不慣這種嘴臉，有點生氣，想走，又怕因此得罪丁桃。按照我的想法：我過去曾經幫助過丁桃，如今該輪到她來幫助我了。她若拒絕我的話，當然是因為她實在無力給我幫助，除此之外，不可能有別的理由。我不相信丁桃會那麼勢利，見我環境轉劣，就不願意理睬我了。事實上，我當初結識丁桃，環境也不見得好，唯一不同處，丁桃自己的前途顯然比過去更加有希望了。為了這個緣故，我當然希望丁桃能夠多少給我一些幫助的，特別是當我有困難的時候。因此，我不但壓制了內心的激盪，抑且勉強呈露了笑容，用一種似近苦求的口吻對她說：

「我需要這筆錢，希望你能幫我一次忙。」

丁桃眉頭一皺，頗表不悅地說：「我剛才不是跟你說過了，我準備拍一部彩色片。」

「我知道。」

「既然知道，何必再提？」

「如果不是因為沒有別的法子好想，我是絕對不會向你開口的。我知道你要拍片，但是你辦法比我多，何況這一次片子又非常叫座，拿一萬塊錢出來，不一定會影響你的拍片計劃。而對於我，則已受惠不淺了。至於這筆數目的歸還辦法，我也想妥了，只要你肯介紹我與電影界的負責人相識，我打算趁現在閒着無事，寫幾個電影劇本，賣出了，陸續攤還給你。聽說一個電影劇本可以賣三千塊錢，是不是？」

「不錯，」丁桃說，「大公司都出得起這樣的價錢；但是大公司聘有專門編劇人才，對於新人的作品，偶而也會採用，只是數量非常之少。如果你真想改行寫劇本的話，唯有向小公司方面求發展；不過，替小公司寫劇本也有問題：（一）

小公司出不起高價，每一個劇本——包括故事、分景、對白在內，最多只能付一千五；(二)小公司出品少，對於劇本的選擇有時候比大公司更嚴。你若有意試一下的話，我可以替你介紹。」

這一番話，出諸丁桃之口，一點感情也沒有，完全敷衍性質，使我大為不安了。過去的情意，猶如一陣風般，終於輕輕吹走。第二次，我想走；只是離去後，問題更不容易解決。為了維持我與世英的友誼，只好對她的輕視當作事實來容忍。於是，我對她說：

「我有意試一試，不過你必須先借一萬塊錢給我。」

丁桃側着臉，若有所思地轉了轉眼珠，然後說出這樣一句：

「那個借錢給你的人，一定是你的好朋友了，要不然，你也不會這樣焦急。」

「是的。」

「既然是好朋友，那末，遲些日子歸還給他，大概不會有甚麼問題的罷。」

「總不大好意思。」

「還有甚麼不好意思？你並不是存心賴賬。」

「話雖不錯，可是……」

「照我看來，你既然有意走這條路，在目前的處境裏，未始不是一個辦法，只要劇本寫得好，不怕沒有人要。至於那位朋友的錢，你可分期攤還給他，大家既是老友，他當然會體諒你的苦衷。」

丁桃的話語，說得非常動聽，實際上，卻是一種婉轉的推辭。我明白這一點，但也不予拆穿。

這樣，事情總算有了個結果。我雖然沒有借到錢，卻因此找到了一條退路。丁桃的態度，顯然與過去大不相同，看樣子，大概是因為我已經沒有甚麼東西可以給她利用了。不過，我倒有意將她作為踏進電影圈的墊腳石。

有了這個打算，我決定將雜誌停刊。在停刊之前，我去找過邱世英一次，要求他體諒我的苦衷，並告以今後的計劃。邱世英為人極其厚道，聽了我的話，不但不生氣，抑且善言相慰，使我大受感動。

雜誌社關門後，我開始埋頭作劇。由於丁桃那部片子獲得了成功，我對自己的能力頗具信心。丁桃倒也並不食言，雖在百忙中，也抽出時間來，介紹幾位導演與我相識。

電影界一直在鬧劇本荒，如果能夠寫出題材新鮮而又不落陳套的劇本來，當然會受到歡迎。不過，受歡迎是一件事，被採用又是一件事。

當我沒有將寫劇本當作一種職業的時候，我覺得寫劇本並不困難；可是到了認真想以此為生的時候，問題就多了。

首先，寫劇本必須有個好故事，不但要與眾不同，而且必須為大眾所接受。其次，由於製作成本有限制，全劇的佈景亦有規定。換言之，如果有了一個好故事之後，作為一個劇作家，必須在規定的幾堂佈景裏將它表現出來。此外，演員的數目也有規定，太多，要刪；太少，要加；而劇作者筆底下的人物必須適合大明星個性。大明星認為哪一場戲需要加插一首時代曲的話，你就得照加，否則，錄取的希望就很微。談到「時代曲」，據說南洋的觀眾，對此道有特殊的愛好。所以，製片家為了迎合觀眾心理，不論劇作人寫的是悲劇或喜劇，統通要加插「時代曲」，而且也有規定的數字。

我曾經用現實主義手法寫過一個發掘人性的劇本，送給導演去審閱，導演看了，頗表滿意，認為這是一個好劇本。說是拍成後，應該拿到亞洲影展去比賽一下；不過，為了生意眼，這劇本應該加插十二首時代曲。起先，我對於導演的建議大為反對，理由是：硬生生的加插時代曲，必然會影響到整個戲的氣氛。這是違反藝術良心的做法，所以不能同意。導演見我不肯加插時代曲，也不勉強我一定加，只是露了一個歉意的苦笑，將劇本退還給我。當時，我非常生氣，挾着劇本，悻悻然走去找丁桃，要求她另外給我介紹別的導演。丁桃很同情我的固執，立即為我約了葛導演跟我見面。我將劇本交與葛導演，葛導演笑嘻嘻的恭維我說：「電影圈能夠多一位像你這樣的生力軍，實在是一件可喜的事情。」我聽了，明知其為客套，也一樣感到興奮。

過了些時日，葛導演打電話來，約我到「格蘭」去飲茶。我欣然赴約，葛導演一開口，便稱讚我的劇本寫得好，可是，他有些意見提供給我。所謂「意見」，主要的仍是加插時代曲，而且這一次的數目更多了，一共十四首。在一部不是歌唱片的片子裏，加插十四首歌，實在是一種不合理的做法。假定每一首時代曲在銀幕需要四分鐘才能唱畢的話，那末，十四首歌，就需時五十六分鐘了。普通一部片子放映時間總在九十分鐘至一百分鐘之間，除去五十六分鐘的歌唱場面，賸下來只有三十幾分鐘了，在三十幾分鐘內，企圖用畫面向觀眾表現一個完整的故事，當然是非常困難的，除非是歌舞片。葛導演也承認這一點，不過，他認為這是觀眾們的要求，我們不能堅持自己的主張。在這種情形之下，我已經得不到第二種選擇了。我若不肯遷就觀眾，劇本就永遠無法搬上銀幕；而此刻的我，既無固定收入，又無他業可圖；一方面要還債，另一方面又希望能夠以此為生，沒有辦法，只好順從葛導演的意思。

我把新劇本收了回來，以一個星期的時間，勉強將十四首時代曲加插了進去。這一項工作，初聽似乎並不困難，做起來，倒也不很容易。我必須刪掉三分之二的情節，又要不露斧鑿之跡。

劇本改好後，葛導演頗為滿意。不過，他有一個條件：要我將「編劇」的名義讓給他。

「這……這……怎麼……」我當然不能同意這樣的做法。

他笑了，笑得見牙不見眼，一邊伸手拍拍我的肩膀，一邊說：

「小老弟，你是聰明人，難道這一點也不明白？再說，你這次改行寫劇本，無非想賺些容易錢，何必斤斤於名義？」

提到錢，我也只好讓步了；因為我知道：如果這一次再拒絕葛導演的話，可能不容易找到其他的機會了。於是我被逼同意將名義讓給他，只求他能早些付清劇本費。他對於我的要求，居然一口答應。

五天過後，丁桃打電話給我，說是有好消息報告。我高興極了，馬上過海。抵達丁桃處，丁桃笑嘻嘻的交給我一張支票：

「這是你的劇本費，葛導演託我轉交給你的。」

我接過支票一看，不覺怔了。

「有甚麼不對嗎？」丁桃問。

「怎麼只有五百塊？」

丁桃「噯」了一聲後，加上這麼一句解釋：「這是公價呀！」

「公價？據我所知，一個分場對白劇本的公價是港幣三千元！」

「唉！」丁桃喟感一聲，「你過去辦過電影雜誌，對電影圈裏的事情也不會不清楚。葛導演還算是講情面的，有些大導演請黑市編劇家寫了劇本，最多只給兩三百塊港幣！」

聽了這一番話，我才恍然大悟了，原來葛導演把我當作黑市編劇家，不但盜取了我的名義，同時準備向公司領到一筆編劇費。

我是非常憤恚了，說葛導演不該這樣對待我。但是丁桃竟極力替葛導演辯護。她說：

「比起別人，葛導演還算是公道的。老實說，你能夠拿到五百塊，完全是因為你還多少有些才氣；如果是普通劇作者，即使給公司看中了，導演只要將劇情稍為改動一下，就可以分文不付。」

「這怎麼可以？」

「為甚麼不可以？反正劇作者在這裏得不到甚麼保障，寫了劇本，如果被人侵吞的話，他是一點辦法也沒有的。在好萊塢，情形就不同，別說是一個劇本，即使是一個別致的片名，也可以向當局申請專利；一經登記，別人就不能再用這個片名了。但是在這裏，不要說是一個片名，縱或是整個故事劇本，照樣可以不費分文將之搬上銀幕。所以，比較起來，你能拿到五百塊錢，實在已經算是非常幸運的了。」

「但是，據我所知，有人寫了電影劇本，如果給大公司採用了，可以拿到三千塊港幣。」

「對於那些已成名的劇作家，一個電影劇本的確可以值三千塊；不過，你要知道，當那些成名的劇作者未成名時，多數也有過這樣的經驗。」

接着，丁桃就舉出實例來證明她的話語，說是前幾年有一位小說家寫了一篇以猺山為背景的小說，給某導演偷上了銀幕，不但得不到分文，抑且還被誣指那篇作品受了外國甚麼作家的影響，誰都可以拿來用。那位導演的誣指固然不值識者一笑，但是吃虧的還是那位小說家。

「所以，」丁桃又加上這麼一句，「你還算是幸運的。」

經過這麼一解釋，我只好歎口氣，將支票收下了。我手頭拮据，五百塊錢可以解決不少問題。再說，我已成功地寫出了兩個劇本，只要繼續努力，遲早總會出人頭地。於是我把所有的希望全部寄存在電影劇本的寫作上了。據我所知，「編而優則導」的例子並不少，只要能夠變成職業編劇家，很容易就可以爬上導演的寶座了。

我的心緒並未因此好轉，依舊常常喝酒，醉倒的時間多過清醒，所以成績非常差。當我清醒時，我也會找些有關電影的理論書來閱讀。按照我自己的想法，要做優秀的劇作家，必先搞通理論。不料，理論書讀得一多，就沒有勇氣提筆作劇了。

18

我的環境愈來愈壞，做黑市編劇家無法獲得固定的收入。沒有固定的收入，心緒就無法獲得寧靜。沒有寧靜的心緒，當然寫不出像樣的東西。

碰了幾次釘子後，才知道寫電影劇本並不是一件輕而易舉的事。問題之多，實非筆墨所能描摹。如果想以此為生的話，那就非餓死不可。

我很想回到報館去做工，託了很多朋友，始終得不到機會。

過了三個月，我給葛導演寫的那部片子，終於公映了。因為插了十四首時代曲的關係，整個故事失去了完整性，不像悲劇，也不像喜劇，令人看了莫名其妙。有一家報紙的影評欄對此片作了如下的批評：「這是一部非驢非馬的電影，說它是歌唱片，劇情與音樂一點關係也沒有；說它是故事片，它卻串插了十四首時代曲。愛看音樂片的觀眾，決不會過癮，愛看故事片的觀眾，看後必感啼笑皆非……」

這批評雖然含有挖苦意味，但也一針見血，短短幾行，就把這部片子的毛病清清楚楚的指了出來。唯其如此，生意的清淡，當然是意料的事。

根據報上的消息，這片子預定的演期是一個星期，但是演到第四天竟連三成座都沒有了，戲院方面逼得將片子抽起，另換他片。

片子的失敗，變成了電影圈的談話資料。電影圈是非最多，平時沒有風，一樣會起浪，如今事實已擺在面前，還能不被人訕笑？

葛導演聲望大跌，處境最為尷尬，記者問他：「此片怎麼會搞成這樣的？」他就把責任全部推在我身上。他說：「劇本是一部電影的靈魂，劇本寫壞了，怎樣也拍不出好片子。」記者又問：「這劇本不是你自己編的？」葛導演說：「讓我坦白告訴你吧，劇本是一個新人寫的，公司方面為了增強號召力，堅持要我頂替編劇的名義，結果卻害了我。」

這樣一來，我連做黑市編劇家的資格都沒有了。那些搞電影的人，永遠是閉着眼睛做事的，誰的運氣好，只要第一炮開得響，不管有沒有真實本領，大家就你爭我奪了；否則，即使東西再好，如果運氣不好的話，片子一樣不叫座，從此就不再有人請教了。譬如說：香港有一位女明星，偶而拍了一套歌舞片，大受南洋觀眾歡迎，於是製片家們一致公認她是最理想的歌舞片人才了，紛紛與她簽合同，開拍新片；雖然大家都知道她既不會跳，又不會唱。

一個不會跳不會唱的女人可以變成「歌舞片皇后」；一個能編能寫的人卻連飯都沒得吃——這就是存在於香港電影圈的怪現象。

葛導演將那部片子的失敗完全歸咎於我，實在是非常不公平的。事實上，在片子裏串插十四首歌的主意是他出的，否則，片子絕對不至於糟成這個樣子。葛導演為了保全自己的聲譽，竟不惜犧牲我的前途，顯然是一種不公平的做法。為了這個緣故，我忍不住又去找了一次丁桃。

我將經過情形告訴丁桃，丁桃聽了，不但不露憤怒之情，抑且認為事已過去，不必太緊張。

「反正你也不打算在電影圈裏找出路。」她說，「隨他講好了。香港電影圈裏的事多數是這樣的，何必認真？」

「但是，我目前的情形並不好，欠別人的債還沒有償清，一時又找不到合適的工作，正想寫幾個劇本作為過渡時期的出路，結果卻給葛導演截斷了。」

丁桃用歎息表示同情，點上了一支煙，目無所視地望着前面，終於陷入了沉思。我以為她在考慮我的出路問題，過了些時，才知道她根本在想着一些與我毫不相干的事。她忽然沒頭沒腦地說了這麼幾句：

「今年流行的髮型，好像非洲土人的頭顱，高高的凸出一塊，實在難看極了。我自己很不喜歡，但是導演先生堅持我在第二部片子梳這樣的髮型，你覺得怎樣？」

我完全沒有想到丁桃忽然會提出這樣的問題，心理上毫無準備，因此嚅嚅滯滯的反問她：

「髮型？甚麼髮型？」

丁桃眉頭一皺，露出一種憎厭的神情，「嗳」了一聲後，不耐煩地說：

「瞧你這個人，一定窮昏了，連今年流行的髮型都不知道。」

「不錯！我的確窮昏了，你能給我一些幫助嗎？」我說這話時，多少帶點憤恚。

丁桃刷的繃緊面孔，皺眉瞪眼地：「怎麼？聽你的口氣，好像是我害你的！」

這話說得很難聽，我若還嘴，必然引起爭吵，我知道自己環境不好，脾氣壞，多開口，少不免傷了彼此感情。丁桃不肯幫我的忙，這是她的事；我可沒有理由在這個時候跟她反目。於是，我極力壓制着自己的感情，站起身，默然離去。走出大門，忽然聽到丁桃在客廳裏大聲狂笑，我不由自主地發了一怔，那笑聲就像幾十支飛箭一般，直刺我心。

離開丁桃後，我想哭；但是我並沒有流淚，因為那究竟不是悲哀。

從此，在極度的憤恚中，我的情形愈來愈壞了。電影界已無路可通，手上又沒有資本可做別的生意。現實是殘酷的，沒有錢就得挨餓。

我本想去找一次芬妮，但是不願意讓她見到我潦倒時的神情。說「潦倒」，似乎不十分恰當，然而實際上，我確已到了非借債不能過日子的地步了。朋友們勸我寫些稿，暫時維持一下。這忠告當然應該接受，只因心緒太壞，無法寫出像樣的東西。結果，試了一個多月，依舊不能解決問題。我煩透了，想喝酒，連買酒的錢都沒有，到朋友處去借，朋友個個搖頭。

有一天，邱世英忽然走來找我。我以為他來追債，不料，他竟告訴我這樣一件事：

「我給你找到了一份工作。」

聽了這句話，我幾乎高興得跳起來：「真的嗎？」

邱世英從口袋裏掏出煙盒，遞一支給我，自己也點上一支，吸煙間，臉上擺出一股凜然的神氣，問：

「但不知你願意不願意幹？」

「只要我能做到的，一定做。」

邱世英吸了一口煙，慢吞吞的說：「有一家報館想請一位校對。」

「哦。」我找不出適當的話來答覆世英。

世英皺緊眉頭，追問一句：「不想幹？」

我略一遲疑，對他說：「校對是一項吃力不討好的工作，做得不好，就要挨罵。何況，我從未有過校稿的經驗。」

世英略一沉吟，吸口煙，說：「我也知道這是相當吃力的事，不過，目前你環境比較差，如果有一份工作在做，就可以把頹唐的精神振作起來。至於名義，我認為大可不必計較，主要的是：你必須恢復自信。」

世英這樣關心我，使我再也沒有勇氣拒絕這個機會。這些年來，我一直是編電訊的，如今降為校對，心理上，當然不會好過。但是，我目前的處境已經壞到無可再壞，不接受這項工作，恐怕連生活都要成問題。因此，在沒有找到更好的出路之前，我決定接受世英的幫忙。世英很高興，認為我肯這樣做，實在是一個明智的抉擇。

世英很快就替我將這件事接洽好了，第二天就來找我去上班。

那家報館的負責人，我過去沒有見過；但是編輯部的同事，倒有不少相識的。我走去做工的第一晚，見到那些朋友時，心情不免有點侷促。有些知道我的底細的，咸用好奇的目光注視我；另外一些比較小器的，卻用鄙夷不屑的態度對待我。

這樣的處境，使我感到了難堪的窘迫。當總編輯指定我的座位後，我連抬頭的勇氣也沒有。雜工送小樣來，我立刻拿起紅筆開始對稿。羞慚猶如火上的栗子，在我內心中爆濺。那位校對主任是相識的，曾經與我在別的報館同過事，而且那時候職位比我低；如今，大家又在這裏碰頭了，不但他的職位比我高，同時還是我的頂頭上司，在工作時，怎能不感到窘迫？

縱然如此，我既已接受了這個職位，就得安心做下去，否則就對不起作為介紹人的邱世英了。

在最初一個星期中，我的成績並不好，許多同音字都校不出來；校對主任很客氣，說是剛做校對工作的人都會犯此錯誤，只要過些時日，這樣的疏忽就可以慢慢糾正過來。

但是過了些時日，當校對組審核工作成績時，竟發現我的成績最差。我心裏很難過，然而校對主任卻百般安慰我。他說：

「只要靜下心來工作，就不會有這麼多的錯誤了。」

可是，我始終靜不下心來。每一次執筆對稿時，我的腦子老是在想着一些與工作無關的事情，我依舊常常想到丁桃和芬妮。

從報章雜誌上看到的消息：知道丁桃的彩色片已經開鏡，而且工作得相當順利。此外，我還聽到一個「傳說」，說丁桃雖然離開了那家電影公司，卻跟公司的老闆林克勤繼續有密切的過從。

對於這個「傳說」，我是不十分相信的。我認為丁桃沒有這樣做的必要。她的自費拍片獲得意料之外的成功，為了求發展，與別的有錢人接近尚有可原；如果真的與林克勤「過從甚密」的話，那就令人百思不獲其解了。

其實，不可解的，倒是我自己的感情。時到如今，我還念念不忘的想着丁桃，實在不容易找到合理的解釋。愛情就是這樣一種奇異的東西，它會使你無法了解自己。我自以為已經不再愛丁桃了，但是事實又未必如此。明知丁桃是個演戲的人，不會輕易對一個像我這樣的男人付出真摯的感情；我卻始終不能控制自己。

現在，雖然已經很久沒有見到丁桃了，可是仍在工作時想念她，睡着後夢見她。

由於不能集中精神的關係，我的工作表現愈來愈壞。報館負責人對我頗表不滿，但也不好意思當面譴責我。有一天，邱世英忽然走來找我，希望我能專心做工。他說：

「過去的事已經過去，不必再去想它。你必須振作起來，好好做事。」

「也許我不能勝任校對工作。」

「不，絕對不會的。你當過編輯，現在要你做校對，已經是大材小用了，怎麼會不勝任？問題是：你情緒太壞，始終靜不下心來工作。朋友，聽我的話，把過去的事全部忘記，今後重新做人！」

這一番話，說得非常誠懇，使我感動得噙了淚水。邱世英拍拍我的肩膀，露了一個同情的笑容，站起身，走了。他走後，我開始可憐自己，想起丁桃，想起芬妮，想起雜誌社的開辦與關閉，我不禁泫然流淚了。我恨丁桃，我恨透了丁桃。如果不是為了她，我是不會辭去那份工作的。如果不是為了她，我不會遽爾跟芬妮結婚。如果不是為了她，芬妮不會因小產而離開我。如果不是為了她，我不會弄得如此潦倒。

我恨透了丁桃，但是在我內心深處，我還是愛着她的。她的所作所為，仍能引起我極大的關懷。

有一天，報紙上忽然刊出一則有關丁桃的新聞，說丁桃與電影公司老闆林克勤過從仍密，引起林太太的嫉妒，因此演出了一齣「搗毀香閨」的活劇。

事情是這樣的：自從丁桃脫離那家公司後，表面上已與林克勤斷絕關係，實底子，兩人仍在暗中來往。丁桃此次自費拍片，一般人都以為是周胖子拿出來的錢，可是據熟悉內幕的人士透露：真正的後台卻是林克勤。有人甚至這樣說：「沒有林克勤的幫助，丁桃的自費拍片是絕對不會成為事實的。林克勤幫她策劃，幫她找場子，幫她籌資本，甚至幫她將四屬的版權售出。」凡此種種，都是鐵一般的事實；但是對於我，卻是非常新鮮的。我完全想不到林克勤給予丁桃的「幫助」竟會如此之大，唯其「幫助」太大，才會引起林太的妒忌。

報紙對此事的真因，透露得不多；可是，對於香閨被搗毀的經過情形，倒有相當詳細的描繪。

據說林太太並不是一個容易發脾氣的人，但是對於丈夫的「管教」卻相當嚴；林克勤雖有季常癖，只因身為電影公司的老闆，經常混在美女堆中，難免沒有桃色事件發生。過去，林克勤曾與幾位新進的女明星有過一些往來，不過，為時均極短暫，所以一直沒有鬧出甚麼花樣。這一次，丁桃的情形似乎有點不同。當丁桃剛考入電影公司不久，林克勤在別墅舉行派對，丁桃也去參加，竟贏得林克勤的青睞。

從那時候起，丁桃與林克勤一直維持着很好的關係，三年來，外界知道這件事的人幾乎沒有。前一個時期，丁桃的脫離公司，對外宣稱的理由是：不願意降為配角；實際上，卻是借此為煙幕，以免林太太興師問罪。

原來解除合約的事卻是一齣戲，我卻一直蒙在鼓中。現在，事情發生了，記者們開始查究根由，終於作了如上的透露。當我明白自己受了騙之後，我非常憤恚，恨不得立刻過海去找丁桃，要她說出為何作弄我。但是，這不過是一時感情衝動的想法，我沒有勇氣這樣做，也沒有必要這樣做。

於是我又喝酒了，企圖用酒液來麻醉憎恨與憤怒。自從進入報館做校對之後，雖然偶而也喝一些酒，然而總不肯讓自己醉倒的。這天晚上，我竟喝醉了。

我踏着醉步回入報館，只覺得頭重腳輕，呈露在面前的一切，都在打轉。我不知道有沒有伏在桌上工作，事實上，我醉成那個樣子，當然無法工作。

19

第二天醒來，已是中午時分，頭很暈眩，一見窗外射進來的陽光，就覺得不舒服。我一骨碌翻身下床，跌跌撞撞地走到窗邊，將窗簾拉好。

房間立刻被黝暗佔領了，但並不完全漆黑。我背靠牆壁，閉着眼睛，養一會神；等到再睜眼時，竟發現邱世英坐在沙發上。

「世英！」我猛發一怔。

他板着面孔，眼睛裏彷彿有一撮怒火在燃燒。我勉強露了一個尷尬的笑容問：

「有甚麼事嗎？」

「聽說你昨晚又喝醉了？」

「是的。」

「既然喝醉了，何必再到編輯部去？」

「我也不知道；不過，像有一股奇異的力量在催促我，雖然連方向都辨不出，我竟找到了報館。」

世英聽了我的話，忽然感喟地歎息一聲，說：

「如果你不去，那倒好了。」

「為甚麼？」

「難道你自己一點也不知道？」

「甚麼事情？」

「你將總編輯的額角打破了！」

「甚麼？」

世英並不立刻答覆，先從煙盒裏取出兩支煙，遞一支給我。我搖搖頭，他就放好一支，然後將另外一支在大拇指上叩了幾下，叩緊煙絲，叨在嘴上，劃火點煙。吸了幾口之後，他說：

「昨天晚上，你搖搖擺擺的走進編輯部，東歪西扯，連自己的座位都找不到。總編輯見到這樣的情形，立刻走過來攙扶你，聞到酒味，知道你喝醉了，馬上吩咐雜役送你回家。總編輯這樣做法，完全是一番好意，因為他見你醉成那個模樣，當然不能照常工作，所以特地准你休息一天，還派人護送你回家。不料，你竟誤會了他的意思，口口聲聲說他有意要辭掉你，借此為藉口，不讓你上班。總編輯極力向你解釋，你居然揮拳擊了他一下。他防不到你會無緣無故動手的，腳沒有站穩，跌倒了，額角撞在枱腳上，破了，流出不少血。」

這一番話，聽得我目瞪口呆了，想不到昨天晚上我竟做出這樣的事情。隔了很久很久，才意識到事情的嚴重性，忙問：

「總編輯的傷勢怎樣？」

「傷勢並不重，敷些藥，也就沒有甚麼了；不過，這件事，你實在做得太壞了！」

「我很後悔。」

「後悔有甚麼用？……過去，我一再勸你不要喝酒，你總不肯聽。現在，事情既已發生，後悔是一點沒有用處的。」

說着，他從口袋裏掏出一封信，在遞給我觀看之前，作了這樣的解釋：

「今天早晨，麥社長親自走來找我，先把昨晚的情形詳細講了一遍；然後要求我，將這封信轉給你。」

「信裏說些甚麼？」

「你自己拿去看吧。」

我接過信件，拆開一看，原來社方決定將我辭退了，裏面還附加了兩個月薪水。

世英很替我難過；然而這是我自己的錯，怨不得別人。我只覺得對不起世英，因為辜負了他的一番好意。

「社方這樣的措置是絕對合理的。」我說。

世英聽了我的話，無限同情地歎口氣，低着頭，一連吸了好幾口煙，說：

「我很擔心你今後的生活問題。」

「有甚麼辦法？誰教我這樣不爭氣？」

「話不能這樣說，人終歸是要活下去的。」

「反正我只有一個人，生活簡單，比較容易對付。不過，我擔心的卻是欠你的那筆錢，不知何年何月才可以歸還給你。」

「關於那筆錢的事，我已經替你安排好了，你不必擔心。當初，我替你籌這筆錢，無非想給你一點幫助；現在，你的環境較前更加尷尬了，我不能給你更多的幫助，也決不會在這個時候給你添麻煩。」

這一番話，使我激動得渾身發抖了，止不住熱淚湧出，立刻掉轉身去。大家都不開口，房間裏的空氣彷彿凝固一般。半晌過後，世英站起身，走到我背後，拍拍我的肩膀，說：

「我走了，有甚麼困難的話，隨時打電話給我。」

說着，他挪步向房門走去。當我拭乾淚水回過頭來看他時，他已走到外邊，剛剛將房門關好。就在這時候，一種比哀傷還強烈的感情忽然侵襲我，使我再也無法抑制內心的激動，索性倒在床上，將臉龐埋在枕頭裏，哭個痛快。我又失業了，雖然我失去的並不是一份理想的工作。但是，失業在我心理上產生的影響卻很大。

我似乎已無所憑藉，又好像所有的希望一下子煙消雲散了，想到今後的日子，面前只有一片黑暗。

如果說：我因為受了這一次教訓後，立刻滴酒不飲了，那是不合情理的。一個喜愛喝酒的人，逢到失意時，除非身上沒有錢，否則，第一件想做的事，必然是喝酒。

不過，酒液只能麻醉我的煩愁，卻不能驅除煩愁。當我喝醉時，雖然可以暫時不記得煩愁，但也絕對不會感到快樂；當我清醒時，我就特別覺得悲哀了。唯其如此，我將喝酒視作避免悲哀的捷徑。但是毫無節止地傾飲，在經濟上，也就變成一種負擔了。我被報館辭退時拿到過兩個月薪金，數目不多，用以買酒，不到一個月，就囊空如洗了。我沒有能力賺錢，想喝酒時，痛苦益甚。

20

有一天，酒癮大發，身上沒有錢買酒，決定到九龍一個朋友處去借一些零錢。那個朋友與我已經很久沒有來往了，我去時，他不在家，據工人說：要到晚上才會回來。我只好廢然退出，獨自一個人在街邊躑躅。

從柯士甸道走出彌敦道，剛走到九龍飯店門口，忽然有一輛汽車從後邊駛過來，停下，車窗裏探出一個頭來，仔細一看，原來是丁桃。

「到甚麼地方去？」她問。

「沒有一定的去處。」我答。

她頓了頓，嫣然一笑，說：「恰巧有事找你，我們到『華爾登』去喝杯茶，好不好？」

我沒有理由拒絕她，當即拉開車門，跟她並排而坐。她一邊駕車，一邊問我：

「很久不見了，你怎麼樣？」

「又失業了。」

「無心做工？」

「因為醉後上班，無緣無故打破了總編輯的額角。」

「你也未免太糊塗了。」

「所以我很後悔。」

「後悔有甚麼用，除非你有決心戒酒。」

「我知道戒酒是必須的，但是沒有決心。」

「那末，你暫時還沒有工作？」

「看來一輩子也找不到合適的工作了。」

「長此以往，靠甚麼來生活？」

「如果真正活不下去的話，那也只有一條路可以走了！」

「何必這樣消極？」

「事實上，我對於這個世界已經完全沒有留連。」

丁桃笑笑，不再作聲，默默的駕車子，駛入郊區。抵達「華爾登」，我們在露台上挑了一個座位。

坐定後，先談她的彩色片，她說：「片子已經全部殺青，看過一部分試片，成績相當不錯，現在正在加緊配音中，不久就可以公映了。」

接着，我問起她的近況，她說：「乏善可陳。」

然後，僕歐送飲料來，丁桃要咖啡，我替她加了三塊方糖，她取出煙盒，遞一支給我，點上火。我問：

「剛才，你說有事找我？」

她點點頭，吸了一口煙，把話語從煙霧中吐出：

「你不提，我倒差點忘記了。」

「真的有事？」

她很持重，並不立刻答覆，兩隻眼珠子骨溜溜的一轉，隔了半晌，才說：

「有一件事請你幫忙，不知道你肯不肯答應？」

「只要我能力做得到的，一定效勞。」

「這事完全不用你費力。」

「你倒說說看。」

丁桃微微一笑，呷口咖啡，說：

「我想請你代我發佈一個消息。」

「甚麼消息？」

「我要你造我的謠言。」

「謠言？」

丁桃把長長的煙蒂撳熄在煙灰缸裏，略微頓一頓，說：

「我希望你寫幾篇新聞稿，發表在報章和雜誌上。」

「有關彩色片的新聞？」

「不，」丁桃搖搖頭，說，「有關你與我的新聞。」

這句話顯然大出我意料之外，使我不覺大吃一驚，忙問：

「你與我之間還有甚麼新聞可以發佈？」

丁桃牽牽嘴角，露出嫵媚的笑容，問：「首先，你必須告訴我，你跟黎芬妮的關係怎麼樣？是不是真的離了婚呢？」

「我們已經離開了，但是還沒有離婚。」

「這話完全不合邏輯。」

「因為我跟黎芬妮是註冊過的。」

丁桃這才「哦」了一聲，表示明白了內中的道理，皺緊眉頭，略一尋思，說：

「既然如此，也不要緊。你可以在新聞稿中這樣寫：說我已經有了新的戀人……」

「新的戀人是誰？」

丁桃故作神秘地笑笑，然後說出一個字：

「你！」

這一個字，猶如鐵錘一般，捶在我心上，立刻引起了無法抑制的激動。

「丁桃，」我正正臉色對她說，「我是一個可憐蟲，請你不要再跟我開玩笑。」

丁桃也一本正經地對我說：「誰跟你開玩笑？」

「既然無意跟我開玩笑，那末為甚麼要發佈這樣的新聞？」

「我自有道理，」丁桃說，「這樣做，當然不會沒有作用。不過，第一件事，必須先發佈這個新聞，說我已墜入情網，對象就是你，原擬在近期結婚的，只因你與前妻雖已分居，尚未完成離婚手續，所以暫時只好將婚期押後。」

聽了這番話，我不禁呆住了，細究丁桃的動機，才找出一個理由來了。

我問：

「原來你想叫我做一次傀儡？」

「不，」丁桃說，「我不過請你演一次戲罷了。」

「在現實生活中演戲？」

「一點也不錯，在現實生活中演一齣輕鬆的戲。」

「這戲可並不輕鬆。」

「為甚麼？」

「也許你還不知道，直到現在，我還是像過去那樣的愛着你。」

「別開玩笑。」

「我說的是真話。」

丁桃驀地斂住笑容，臉上出現一層嚴肅感，扁扁嘴，說：

「但是我只想請你在現實生活中客串演一次戲。」

「飾演你的愛人？」

「是的。」

「目的何在？」

「為甚麼要知道我的目的？」

於是我想起了林太太率領娘子軍搗毀香閨的事情以及丁桃跟林克勤的關係，立刻明白了丁桃此舉的動機，故意用一種揶揄的口吻對她說：

「原來你想拿我當作煙幕。」

「正是這個意思。」丁桃居然不予否認。

我睨了她一眼，心裏有一種不可言狀的奇特感覺，似乎受了侮辱，又好像驟然失去生存的憑藉。自從結識丁桃之後，我就變成她的附屬品了，她利用我為她義務宣傳，她將我的感情當作戰利品，她要我為她編寫劇本……凡此種種，只為我的心早已被她竊去。如今，她竟否定了我對她的感情，要我在現實生活中扮演小丑了。我是一個人，怎能不感到悲哀？

她見我久久不答話，也就催問一句：「你究竟肯不肯這樣做？」

我想了想，毫不保留地反問她：「你認為我有這樣做的必要嗎？」

丁桃閃閃眼睛，露了一個淺笑，半晌，說出這樣的話：

「只要你肯答應，我願先付你兩千塊錢，然後每個月給你五百。」

「我的義務呢？」

「沒有甚麼義務，不過，你得答應我兩件事。」

「哪兩件事？」

「第一：此事宣佈後，未經我的同意，絕對不准擅自走來找我。」

「還有一件呢？」

「如果我主動找你的時候，你不得借故推託。」

「當你主動找我的時候，我將做些甚麼？」

「很簡單，一點都不需要你傷腦筋。譬如說：我去參加甚麼場合，認為需要你陪護時，就會通知你的。」

「換一句話說：到那時，我就得當着眾人的面演戲了。」

「這戲並不難演。」

「但是我究竟不是一個演員。」

「你過去也演過的。」

「過去，我一直以為你也付出了真摯的感情，所以每到一個地方，從未產生過演戲的感覺。如今，情形不同了，我知道你對我絲毫感情都沒有，無非想利用我作為煙幕，去到那種場合，怎會不感到侷促？」

丁桃忽然笑了起來，改換一種輕鬆的口氣：「若說我對你絲毫感情都沒有，倒也未必，最低限度我們之間還存在着一份純真的友情。」

這話語，就丁桃這方面來說，似乎稍為直率了些；但是對於我，無異是齊發的萬箭了。想不到丁桃竟會在我處境最困難的時候，無情地擊破了我的甜夢。過去，為了丁桃，我曾經做過許多愚蠢的事情。為了丁桃，我辭去工作。為了丁桃，我與芬妮離異。為了丁桃，我失去自己的骨肉。為了丁桃，我酗酒。為了丁桃，我無法安心做工，因此失去了新聞界對我的信任。為了丁桃，我陷入極度的困境……

但是，現在丁桃竟老老實實的指出：她與我之間只有一份友情了！

經過如許苦楚後，難道我還必須尊重這一份薄薄的友情？

我氣憤極了，恨不得立刻離去，從此與她斷絕來往；然而轉念一想：我目前的情形這樣糟，如果失去這個機會，一時是不會找到更好的了。我必須恢復自尊和自信，丁桃的請求雖屬可恨，但從另外一個角度來看，事情對我倒多少有點幫助。

於是，我毅然接受了丁桃的條件。

丁桃很高興，微笑着說：「你今晚回去，立刻將稿件寫好，明早拿出去分發給報紙和雜誌。稿件登出後，打一個電話給我，我先將兩千塊錢送給你，然後按月給你五百。」

談話至此，暫時告一段落。丁桃似乎很興奮，立即向僕歐要了兩杯酒，預祝此事成功。飲過酒，丁桃掏錢埋單。離開「華爾登」，坐上丁桃的車子。丁桃問我：

「過海？」

「不，我準備到柯士甸道去找一個朋友。」

「有甚麼特別的事情嗎？」

「沒有甚麼事，只想向他借一點錢買酒喝。」

但是丁桃認為我必須保持清醒，俾能將應寫的稿件寫好。我聳聳肩，表示無意堅持自己的計劃。丁桃就將車子駛到尖沙咀碼頭。

回到家裏，我立刻按照丁桃的意思撰寫稿件，不過字裏行間並不作明確的透露，只用第三者的口氣，說丁桃最近與我打得火熱，也許不久將來會有喜訊傳出。稿子一共寫了三篇，內容一樣，而筆調不同。我的計劃是將三篇稿子分發給兩家報紙和一家雜誌。

過了一天，兩家報紙果然將我的稿子發刊了，至於發給那家雜誌的稿件，因為出版日期的關係，要到月底才能刊出。當天中午，我打了一個電話給丁桃，告訴她稿子已經發出。她很高興，約我下午四點在「美心」飲下午茶。

見面時，丁桃果然拿了一張支票給我，數目是二千元，一個斗零都不少。

於是，我打趣地問她：「難道這件事對你這麼重要？」

她微微一笑，說：「凡是演戲的，都應該獲得酬勞，不論是水銀燈下，或者在現實生活裏。」

「這樣說來，你正式把我當作演員看待了？」

她斂住笑容，一本正經地說：「世界大劇場，劇場小世界；所謂做人，實際上就是演戲。」

「但是，能夠靠演戲吃飯的人卻不多。」

「你倒是其中的一個。」

「那是因為你的關係，要不然，恐怕這一輩子也不會做一個能夠賺錢的演員。」

「可是沒有一個演員拿了酬勞可以不演戲的。」

「你說吧，我該甚麼時候開始工作？」

「今晚九點，陪我到『美麗華』去吃晚飯。」

「有甚麼特殊的理由？」

「用演技來證實報紙上的那個消息。」

我笑了，她也笑了。她笑得非常自然，絲毫沒有矯作的成分；我的笑，卻完全不是快樂的表示。自從結識丁桃後，我的心早就給丁桃竊去了。這期間，為了她，我受過不少折磨；可是直到現在為止，我還是深深地愛着她的。丁桃可能也知道我的心意；不過她完全把我的感情當作一種戰利品，不但不尊重，抑且當作玩物來玩弄。對於她，也許這是一件非常自然的事；可是對於我，事情就不怎麼自然了。我必須壓制自己的感情，明明愛着她，表面上卻要用虛偽的動作來表示這個愛，同時又不能讓真實的感情流露出來。

這個戲並不難演，只是演個太逼真了，必然會自討苦吃。

我明知這一點，卻樂於給丁桃當配角，一方面固然由於太窮，希望趁此賺一點零錢，暫時維持一下；另一方面，我能因此而接近丁桃，在心靈上，也許可以減少一些空虛之感。

因此，我欣然接受了丁桃的邀請。丁桃說我頭髮太長，應該理個髮，教人看了順眼些。

「此外，」她說，「揀一套最好的西裝。」

「我已經很久很久沒有做新西裝了。」

「為了演戲，你得做兩套新的，否則，別人看到你那種寒酸相，決不會相信我會愛上你。」

「真正的愛情決不能拿金錢來衡量。」

「做演員的人哪會有真正的愛情？」

「也許你是一個例外。」

「我比別的明星可能更俗氣。」

「但是朋友們都知道我最近的環境並不好。」

「這倒沒有關係。香港是冒險家的樂園，今天連一毫子過海錢都沒有的人，誰也無法認定他明天沒有能力購買新汽車。所以，只要你能演得逼真，再加上漂亮的服裝，別人一定不敢瞧不起你。」

談到這裏，丁桃吩咐僕歐埋單。走出「美心」，駕車送我去理髮。分手時，她要我八點半到她家；然後一同去「美麗華」。我答應了。

平時，我對於衣着，總不大講究，這天晚上，我把自己打扮得如同新郎一般。丁桃心情特別好，濃妝艷服，紫旗袍，七彩水晶頸鏈。

抵達「美麗華」，才知道那晚選舉「香港小姐」，賓客如雲，場面非常熱鬧。

我們揀了一個靠近「天橋」的座位，不但可以清楚地欣賞「小姐」們的美麗，同時也容易被別人所注意。起先，我有點窘迫，等到僕歐端酒來時，才慢慢鎮定下來。我心裏頗感好奇，不明白丁桃為甚麼要帶我參加這樣的場合？丁桃發現我的態度不大自然，立刻用高蹻鞋踢了我一下，悄聲問：

「為甚麼不露笑容？」

於是，我笑了。不料，她又用高蹻鞋踢了我一下，悄聲問：

「你這算是在發笑了？簡直像是哭！」

給她這麼一講，我的「表情」更加不自然了。我悄聲對她說：

「我不是一個演戲的人。」

「但是你必須學習。」

「這不是一朝一夕可以學得成功的。」

丁桃臉上忽然呈露一個惱悻的表情，壓低嗓子問：「難道你跟我在一起不覺得高興嗎？」

「當然高興。」

「那末，為甚麼老是愁眉苦臉的？」

「也許心情太緊張的關係。」

「有甚麼東西值得你這樣緊張？」

「我……我也弄不清楚。」

就在這時候，一個攝影記者忽然匆匆走來，對準我們，一連拍了好幾張照片，鎂光燈使我感到目眩，但是丁桃總覺得我的態度不大自然。

當我的眼睛恢復正常時，才發現座上多了一些香港名女人，個個打扮得如同復活節的彩蛋一般，擺出各式各樣的姿勢，任由攝記們拍照。我覺得這些名女人倒是很值得注意的，並不是因為她們有「名」，而是她們的裝束，彷彿存心走來跟那些參加競賽的小姐們鬥艷似的，十分摩登。

丁桃見我屏息凝神的注視着她們，以為我着了迷，因此又用高踭鞋重重的踢了我一下，問：

「有甚麼好看？」

我給她踢得很痛，有點氣，因此理直氣壯地對她說：

「這種場合完全是為了看女人而設的，否則，又何必來參加？」

「但是，你得記住一點，你是被人僱用來演戲的，並不是來看女人的！」

「參加這樣的場合而不看女人，簡直是一種浪費。」

「如果你把這一場戲演壞了，那才是真正的浪費呢！」

我很生氣，但也敢怒不敢言。我覺得無論從哪一個角度來看，丁桃絕不能用這種態度對待我。就算她對我已經沒有感情，友誼總還有的。作為朋友，她不能將我當作夥計看待。我雖然窮，雖然需要一份工作，如果不想跟她接近的話，我也絕對不會接受這樣的條件。

這一晚，處身在那個熱鬧的場合裏，我心中只有怨懟，沒有喜悅。丁桃始終不了解我的心意，只是不許我將怨懟之情呈露在臉上。她說：

「這裏至少有半數以上的來賓是與我相識的，你不能讓他們產生錯誤的印象。我今天特地挑選這個場合來表演一下，當然不會沒有目的。」

「目的是甚麼？」

「借此證實報紙上的消息並不虛假。」

我微喟一聲，呆呆的坐在那裏，心似鉛般沉重。我不知道應該做些甚麼，更不知道應該說些甚麼。天橋上常有美麗的小姐出現，一個繼一個，各自搔首弄姿，希望贏得評判員們的好感。

坐得久了，我發現這實在是一種非常無聊的場合。可是，我此刻仍在演戲，必須極力保持愉快之情。為了掩飾心情上的狼狽，唯有喝酒。

迨至「香港小姐」選出，丁桃站起來，挽着我的手臂，離開「美麗華」。

21

丁桃駕車，送我去尖沙咀碼頭。我已有七分酒意，怎樣也不肯下車。

「你還有甚麼打算？」

「希望到你家去喝些酒。」

「不行！時候已經不早了。」

「現在還不到十二點。」

「你還是過去吧，我很疲倦了！」

「我們已經很久沒有痛痛快快的在一起喝酒。」

「不行！你快下車！」

在黝暗的街燈下，丁桃顯得更加嫵媚了。那是一種具有磁性的嫵媚，教人看了不願意將視線移向他處。丁桃見我貪婪地望着她，立刻皺皺眉，露出無限憎厭的神氣說：

「你不能違背我的約言，否則，今後就不要再見我的面！」

這幾句話，說得很乾脆，猶如哀的美敦書，使我非接受不可。於是，我懷着悵惘的心情打開車門，下車，呆呆的站在人行道上。丁桃板着臉，連「晚安」都不說，立刻發動引擎，把車子駛得比風還快。

我目送她遠去，站在街角，惘惘然，莫知所從了。這時，渡輪尚未停航，要過海，不必乘坐「嘩啦嘩啦」，但是我卻痴痴的站在街角，不知道應該做些甚麼才好。

醉意未消，內心有一股狂熱在燃燒。想起丁桃那一對水汪汪的眼睛，我只有一個希望：跟她再在一起喝幾杯酒。

我有意立刻到丁桃處去。但是，我怕丁桃生我的氣。

站在街邊，躊躇不決地望着每一輛絕塵而去的的士。忽然，我舉起手來。一架的士迅即駛到我面前，拉開車門，坐入車廂，毫不猶豫地吩咐司機開往丁桃處。

夜已深。大廈靜悄悄的，我乘電梯而上，電梯開動時，顯得特別響。到達丁桃門外，「警眼」裏還有一點光華透出。

我斷定丁桃沒有睡，因此伸手按了門鈴。空氣靜得如同墓園一般，門鈴陡響，令人心驚肉跳。稍過片刻，「警眼」忽暗忽明，門就拉開一條縫，原來是丁桃自己。

「你來做甚麼？」她雖然壓低了嗓音，但是臉色非常難看。

「我的酒興未盡。」我說。

丁桃怒谷滿面，用裂帛似的聲音叱喝起來：「這裏不是酒樓！」說罷，毫不客氣地關門了。我用身子一擋，不讓她將門關上。

「你這算甚麼意思？」她問。

我說：「時間還早，你就再陪我喝兩杯吧！」

丁桃脾氣很壞，皺眉瞪眼的要我立刻離開。我不肯，她就索性吊高嗓音嚷起來：

「你走不走？」

「我要喝多一杯酒。」

「喝酒請到酒樓去！」

「丁桃，剛才在『美麗華』的時候，大家還是有說有笑的，怎麼，一下子就翻起臉來了？」

「你到底走不走？」

「我要再喝一杯酒。」

就在這時候，裏邊傳出一片零亂的腳步聲，槖槖槖，大門拉直了。

我定睛一看，發現丁桃背後有個肥胖得近乎臃腫的男人，五十左右，嘴裏咬着雪茄。起先，我還以為是周胖子，後來才知道是林克勤——電影公司的老闆。我並不認識林克勤，但是在慶祝甚麼金禾獎之類的宴會上見過他一次，此外，雜誌報章也能常常見到他的「近影」。為了這個緣故，他雖然不認識我，我倒知道他是誰。

「你是誰？」他將丁桃拉開，氣勢洶洶地問我。

「我是丁桃的朋友。」我答。

「有甚麼事？」

「沒有甚麼事，只是來找她談談。」

「既然沒有甚麼事，何必深更半夜走來找她？」

「我找她，與你有甚麼相干？」

不料，林克勤趁我不備，竟用力將我推了一下。我根本沒有料到他會動粗，腳底站不穩，一連倒退了幾步，差點跌在地上。當我還沒有站定，耳邊就聽到「嘭」的一聲，大門關上了。

我雖有幾分醉意，但神志仍清，受了林克勤的侮辱後，當然不會不明白這究竟是怎麼一回事。我很氣，可是冷靜下來想一想，又覺得這氣憤是多餘的。像丁桃這樣的女人，原是依靠演戲生存的，對人生向來採取泛泛的態度。她與林克勤之間的關係，不過是一宗買賣而已，當他們彼此都具有某種價值時，他們就願意作原始的物物交換了。在香港，一般的男女關係幾乎都是這樣的，愛情等於一種商品，誰有錢，可以出錢購買；誰想獲得錢，就得犧牲色相。丁桃抵受不了物質的引誘，自然免不了變成愛情的販賣商。

可悲的，還是我自己。我不是一個濫用感情的人，但是竟會錯誤地愛上丁桃，明知自己的條件不夠，卻一直不能將她忘掉。

受了林克勤的侮辱之後，我自卑得連頭都抬不起來了。過海後，兀自到「麗宮」去吃消夜。我當然不會有吃消夜的興致，目的無非想喝多幾杯酒。人在鬧情緒的時候，最容易醉，尤其是因為我早已有了幾分醉意，所以喝下三杯，神志就不清了。

回到家裏，未及解衣就倒在床上了。第二天醒來，頭很痛。想起昨夜的事，想流淚；但是摸到口袋裏那張支票後，頹唐的精神為之一振。

「誰說香港賺錢不容易？」我想，「只要陪人家吃一餐飯，就能夠賺到二千塊錢了。」

但是，我是一個傀儡——一個被人牽着線的傀儡。別人要我向東，我決不能朝西。我不能對一個為我所愛的女人示愛，唯有將自己的那一份痴心放開一邊。

驟然之間，我獲得了一個真實：在接受這二千元的酬金後，我不再是一個人了，我是一架機器。

「我不願意變成機器！」我自己對自己說。

於是，先到銀行去取錢，然後在「統一碼頭」過海，僱的士，去到丁桃家。

我不知道為甚麼要這樣做，但是我終於這樣做了。如果說：我存心走去向林克勤挑釁，那是不正確的。林克勤是個有錢有勢有地位的人，我決無勇氣惹他。問題是：我很想知道丁桃是否當真將我視作傀儡。也許這是我去找丁桃的真正理由。

抵達丁桃處，工人說：「小姐還沒有起身？」

我說：「我有話跟她說，請你喚她起身。」

工人聳聳肩，說：「小姐睡覺的時候，誰也不能吵醒她。」

「可是我有話跟她說。」

「即使再重要一點的事，也必須等她起身後告訴她。」

「既然這樣，請你讓我在客廳等。」

「不行，小姐關照過的，不能讓客人們在客廳裏等。」

「為甚麼？」

「我也不知道。」

就在這時候，裏邊忽然傳出丁桃的聲音：「阿花，你在跟誰說話？」

不待阿花回答，我用力將門推開，狠巴巴的衝進去。丁桃見到我，臉一板，沒有走近來就嚷：

「你來做甚麼？」

「有話跟你談。」

「不是已經告訴過你的，不叫你，不許擅自到這裏來！」

「不錯，我們有過這樣的約言；但是昨天晚上那個姓林的怎麼可以用那種態度對付我？」

話語一出，丁桃還沒有開口，林克勤就像一頭瘋狗似的衝了出來，伸手點點我的鼻尖，咆哮如雷：

「你是誰？膽敢天天走來搗蛋？」

「我是你的擋箭牌！沒有我，你敢到這裏來嗎？」

「甚麼擋箭牌？分明是存心走來敲詐的！」

聽了這句話，不由得怒火欲燃，想起昨夜的情景，我立刻咬緊牙關，重重地擊了他一拳。他料不到我會動粗，腳沒有站穩，竟「咚」的一聲倒在地上了。

丁桃走去攙扶林克勤，我趁此從樓梯走下。走到街上，截住一架的士，跳上去，吩咐司機駛往尖沙咀碼頭。

坐在渡輪上，我替自己的行動找出一個理由來了，原來我到丁桃處去，為的是想報復。現在，我已痛擊林克勤一拳，心中的那口冤氣總算宣洩了。不過，仔細一想，事情也決不會這樣簡單，林克勤向來高高在上，受了委屈，決不肯就此罷休。

我開始追悔了，並不是怕林克勤對付我，而是怕丁桃從此不再理睬我。一會，渡輪抵達香港，走出碼頭，正感無處可去時，忽然有人輕拍我肩。

回頭一看，原來是邱世英。

「到甚麼地方去？」他問。

「想找個地方吃中飯。」

「巧極了，我也沒有吃過，我們不如一起去罷。你喜歡哪一家？」

「隨便。」

「美心情調比較好。」

「那末，到美心吧。」

走進「美心」，揀了一個靠牆的座位。向僕歐點好菜，世英笑嘻嘻的問我：

「你最近的心情似乎還不壞。」

「何以見得？」

「報紙上說你跟丁桃打得火熱，有這回事嗎？」

「那是過去的事。」

「過去的事？但是——」

「我知道，報紙的消息還是昨天才刊登出來。」

「那究竟是怎麼一回事？」

我歎了一口氣，並不答覆他。世英好奇心陡起，一定要我將這件事情解釋清楚。於是，我說：

「這是一個秘密，不能給別人知道。」

「我決不向任何人洩漏。」

「那末，讓我坦白告訴你罷，我是丁桃的傭員。」

「傭員？你正式進她的公司當編劇了？」

「不，我只是她私人的傭員。」

「私人的僱員？我不明白這個名稱的含義。」

「很簡單，我只是她私人的僱員而已。」

「做些甚麼工作？」

「甚麼都不必做。」

「奇怪了，既然甚麼都不必做，她何必僱用你？有沒有薪水？」

「薪水當然有，而且還不能算太壞；第一次付我二千，以後每個月五百。」

世英略一沉吟，終於若有所悟地「哦」一聲，說：「我明白了。」

「甚麼？」

「一定是丁桃見你環境不好，不好意思直接送錢給你，因此想出了這個辦法。」

「不，她不是那種人，決不可能平白無故送錢給別人用的。」

「那末，一定另有作用了？」

「不錯，她付給我這些錢，目的要我變成煙幕，掩護她跟林克勤的曖昧關係。」

「為甚麼？」

「因為林克勤的太太很兇。」

「所以，他們就想出這個辦法，拿你當作煙幕，使林太太不再對丈夫的行動有所懷疑。」

「正是這個意思。」

「而你竟心甘情願地被他們利用？」

「是的。」

「為了每個月五百塊錢，居然將自己的靈魂也出賣給魔鬼了。」

「不是單單為了錢。」

「還有別的理由嗎？」

「因為我想借此接近丁桃。」

「你是丁桃的影迷？」

「我曾經愛過丁桃。」

「她愛你嗎？」

「不知道。」

「你現在還愛她？」

「直到現在，我還是愛她的。」

談話至此，世英皺緊眉頭，久久不開口，表示大惑不解了。他一邊用刀叉切豬排，一邊陷入了無極的沉思，好像在替我擔憂，又好像完全弄不清楚我的感受。隔了半晌，他忽然放下刀叉，一本正經地問我：

「既然直到現在還愛她，而她卻利用你當作煙幕，你不但不加反對，抑且任她在煙幕中跟林克勤廝混，這是甚麼道理？」

「丁桃是個事業心很重的女人，而林克勤有的是辦法，可以幫助她事業成功。」

「你把他們倆的關係看得這麼簡單？」

「據我的判斷，他們之間，只有利害，並無感情。」

「所以，你仍想在這種錯綜複雜的情形中獲得丁桃的愛？」

「我自己也弄不清楚，總之，為了丁桃，我曾經做過許多蠢事。」

「既然如此，你就不應該做出更多的蠢事來了。」世英正正臉色，用近似譴責的口氣繼續說下去，「目前，你的環境很壞，再不振作，那就不堪設想了。像丁桃這樣的女人，不知道有多少男人在追求她，你若認真的愛她，那就無異自討苦吃了。你過去已經吃過不少虧，如今就該清醒些才是。過去的種種，猶如一場噩夢，該設法忘記了吧，從今天起，好好振作起來，不要再為那些不可靠的情愛傷腦筋！」

我的情緒正感低落，聽了世英的勸告，忽然感到一陣刻骨的悲酸，差點流了眼淚。我覺得自己受的委屈太大，心像上了鎖。這些日子，我雖然處身在這熱鬧的香港社會中，但是心境卻荒涼得如同異域人一般。我以為我是沒有朋友的，可是還有一個邱世英。他對於我的關心，使我非常感動。我願意接受他的好意，決定今後再不浪費感情。

於是，他忽然提出一個問題：

「最近有沒有見到芬妮？」

「分開後，只見過兩次面。」

「你應該求取她的寬恕。」

「她很生氣，無法消除對我的憎恨。」

「如果她還恨你的話，事實就容易解決了。」

「我不明白你的意思。」

「很簡單，愛與恨是屬於同一類型的感情，有恨必有愛……照我看來，你若希望獲得安定的生活，必先求取芬妮的諒解。你們雖已分居，但還沒有正式離婚，事情並非完全不可挽救，你不妨再去找她一次。」

世英的建議，使我在極度的困擾中又有了一線希望。我知道我必須忘掉丁桃；但目前的情形，酗酒是沒有用的，唯一的辦法，就是與芬妮破鏡重圓。

從「美心」出來，世英慫恿我立刻過海去找芬妮。我點點頭，獨自走去搭渡輪。

22

童裝店的舖面已改裝過了，本來是半邊的，現在已是全間。門口的櫥窗擺得很精緻，裏邊的女工們也極忙碌。看樣子，店的營業還不錯。我走進店堂，女工以為我是顧客，走來招呼。我向她說明來意，她就執禮甚恭地帶我走上閣仔。閣仔相當大，只放兩張寫字枱。芬妮坐在靠右的寫字枱邊，只有她一個人。

當她見到我時，眼睛裏射出驚詫的光芒。

「有甚麼事嗎？」口氣冷得像冰。

我微微一笑，想開口，卻給她那種凜然不可侵犯的神氣嚇住了。隔了半晌，才囁囁滯滯地對她說：

「到對街茶餐廳喝杯咖啡。」

「為甚麼？」

「有些話跟你談。」

「有話，這裏也好講的，何必到茶餐廳去？」

我再不堅持自己的意思，拉開一張四方凳，與芬妮相對而坐。芬妮低着頭，假裝翻閱賬簿，實際上，卻在等我開口。我原來打算求取她的寬恕，可是在這種情形之下，倒有點侷促不安了。我只是呆呆的望着她，為一種陌生感隔開着，無法將感情上的鐵絲網搬走。

「你說你有話跟我談？」芬妮不耐煩地追問一句，依舊低着頭。

「我想……」

「你想甚麼？」

「跟你談談關於我們的事。」

「我們的事早已過去了！」

芬妮說出此話時，態度堅決，臉上呈露着惱悻的神情，彷彿根本沒有商量的餘地了。但是，我既已來到這裏，當然要把話語說說清楚的。

「希望你能夠原諒我。」

「原諒甚麼？」

「我的過失。」

「這些都是過去了的事情，不必再談！」

「事情並沒有過去。」

「你要怎樣？」

「我求你給我一個新生的機會。」

芬妮聽了這句話，驀地大聲哄笑起來了，笑罷，正正臉色，說：

「你根本對我一點感情都沒有！」

「這是不正確的，我可以對天發誓。」

「不必發誓！老實說，我跟你做了這麼久夫妻，當然不會對你完全沒有一點了解。最初，你到舞廳裏來找刺激，因為你在丁桃處受了氣；後來，你跟我接近，也是因為丁桃另有發展。那時候，你很氣憤，把我當作一種藥物，拿來治療感情上的創傷；但是創傷沒有治癒，又在無意中發現了丁桃的『過去』，你憤怒極了，竟不加考慮地向我求婚。當時，我不知道你的心早被丁桃竊去，竟蒙蒙昧昧地答應跟你結婚，因此播下了悲劇種子。我懷孕的時候，你還偷偷的走去找丁桃，等到被我發現後，你就老羞成怒了。那天落着傾盆大雨，你在前邊走，我在後邊大聲喚叫你。你竟硬着心腸不睬我，結果我被汽車撞倒，不但受了傷，抑且流產了！……凡此種種，我不想則已，偶而想起了，恨不得將你一刀刺死！……今天，你有面孔來見我；我卻沒有心情跟你談話了！現在，請你立刻離開這裏！以後不要再來找我！」

說罷，用手絹往鼻尖一按，竟嗚嗚的哭泣起來了。我呆呆的望着她，心裏非常不安。細味芬妮的話語，覺得沒有一句不對。我感到難忍的內疚，想道歉，又怕她懷疑我的誠意。事實上，那次流產事件的發生，終於使她從睡夢中驚醒過來。她知道我愛的是另外一個女人，因此毅然離開我。她的家境向來不十分好，未同我結婚之前，為了減輕父親的負擔，不惜下海去做舞女，結了婚，她仍在家裏釘珠車衣，以其所得貼補娘家；後來，因流產而與我分離，我以為她會重披舞衫的，結果她卻與別人合資開設了童裝店。根據這些事實，可以獲得兩個結論：（一）她有一顆向上的心；（二）她跟我的分離是具有最大決心的。

唯其如此，我的道歉就一點用處也沒有了。儘管我怎樣向她解釋，她只是低頭飲泣，不說話。

我不能告訴她：我開始憎恨丁桃了——如果這樣講的話，無異自認過去曾經愛過丁桃。

我不能告訴她：我過去的所作所為都是錯誤的，今後一定不再荒唐——如果這樣講的話，無異自認過去並不愛芬妮。

我不能告訴她：我的處境已無望，除非她肯跟我覆水重收。

我不能告訴她：我的精神已趨崩潰，除非她肯跟我破鏡重圓。

我只能向她致歉，我只能追悔。

但是道歉和追悔都不能使她回心轉意，我只好懷着沉重的心情，廢然走出童裝店。

在回家的途中，我一直在責備自己，心似繩索一般，打了個死結。時近黃昏，天氣悶炙炙的，趕着回家去沖涼休息。

在距離家門不到兩百步的時候，天就落起傾盆大雨來了。我連忙以手遮頭，在雨中疾步奔跑，奔到家門，旁邊忽然闖出幾個彪形大漢，不問情由，捉住我一陣揪打。我對這突如其來的襲擊，事先全無預感，挨了第一拳，就暈倒在地。

當我醒來時，發現自己背靠牆壁，坐在樓梯的地上。旁邊有些看熱鬧的閒人圍了個半月形，個個皺緊眉尖，用充滿驚詫的目光注視我。

我伸手摸摸臉龐，摸到了一些冷涔涔的液體；攤開手掌，嚇了一跳。手掌全是鮮血。

我這才勉強支撐起身子，想走上樓去，但覺渾身痠痛，頭很暈眩。有人問我：「為甚麼被人打成這個模樣？」我不答。有人走來攙扶我，回頭一看，原來是二房東。

二房東是個孤僻的男人，平時與我甚少來往，今天恰巧從外邊回來，見我受了傷，善性大發，不但扶我回房，而且還找了藥棉來替我抹去臉上的血跡。

「怎麼會被人打成這個樣子？」他問。

我搖搖頭，答：「我自己也不知道。」

「一定是得罪人了？」

「也許。」

二房東教我躺下休息，說是硬傷不礙事，但仍須好好睡一覺。他走後，我想起了早晨的那一幕。以目前的情形來說，處境雖壞，但是從未樹過敵，有之，亦唯林克勤一人而已。再說，知道我地址的人並不多，而丁桃是其中的一個。丁桃未必會用這樣卑下的手段對付我，不過，林克勤可以從她處獲悉我的地址。我不敢確定這件事是林克勤教唆的，然而根據我自己的推斷，林克勤的可能性最大。

我憤怒極了，憤怒像火一般燃燒着我的心。當一個人受到了委屈，如果連傾訴的對象都找不到，那情形，決不會比窒息更好受。我極力想忘掉這件事，但是怎樣也忘不掉。仇恨已經在我的心田上生了根，我必須尋找一個報復的機會。

三天過後，傷勢大為減輕，我開始起床走動。

一個星期過後，我已完全痊癒。我打了一個電話給丁桃，將我被人毆擊的情形告訴她。丁桃聽了，不但不予同情，抑且用近似譴責的口氣，說我平時做人太不小心，才會發生這樣的事情。我憤然掛斷電話。

又過了一星期，依舊找不到報復的機會。以為丁桃會打電話給我的，結果沒有。我開始飲酒，常常醉得不省人事。這是一種逃避行為，連我自己也不能不感到詫異。

到了月底，我想起丁桃處還有五百元「薪金」可拿，立刻穿了剛洗好的西裝，過海去找丁桃。

丁桃見到我，臉孔一板，沒好聲氣地說：

「沒有打電話喚你，為甚麼擅自走來？」

「我來拿薪水。」

「薪水？甚麼薪水？」

「難道你忘記我是你的演員？」

丁桃嗤鼻冷笑了，臉上呈露着懶散的神情。我莫名究竟，只是睜大一對詢問的眼。

半晌過後，丁桃問我：「你看過當天的報紙嗎？」我搖搖頭。她伸手從茶几上拿起一份日報，翻到「港聞版」，攤在我面前，我順着她手指所點的地方看去，一眼就看到了一則有關林克勤的新聞。

新聞很簡單，說林克勤患有嚴重的心臟病，遵醫囑，已於昨日搭乘飛機飛往瑞士治療。據醫生的估計，林克勤將在瑞士居住兩三年之久。

「電影公司的事務交與誰來管理？」我問。

「他的兒子林馥。」

「所以，你就不需要我來給你當煙幕了？」

「這是沒有辦法的事，」她聳聳肩，說，「誰也無法預料他會忽然病倒的！」

「他走後，你得另外找個後台老闆了。」

「暫時還不需要。」

「為甚麼？」

「因為我的彩色片已經殺青，只要賣座，就不必依靠別人了！」

「片期排定沒有？」

「排定了。」

「甚麼時候？」

「還有半個月？」

丁桃答話時，語氣非常興奮，彷彿林克勤的離港，對她完全沒有一點關係。

林克勤為了丁桃，不僅花過錢，抑且傷過不少腦筋。如今，林克勤患了重症，丁桃似乎也毫不關心；林克勤離港出國，丁桃更是無動於衷。難道丁桃當真一點感情也沒有？

其實，說她全無感情，那是不正確的；不過，她是一個演戲的人，即使在現實生活中，也會將戲演得很好。她能夠用虛假的感情去換取別人的真摯，同時使別人付出了真摯的感情而無法辨別她的虛假。

想到這一層，我終於站起身，若有所失地走向大門。丁桃忽然將我喚住：

「還有一件事。」

「甚麼？」我撥轉身去問她。

「片子還有半個月就要公映了，我想舉行一次記者招待會。」

「有甚麼特殊的用意嗎？」

「表面上，當然是向新聞界報告攝製該片的經過情形。」

「實際的目的呢？」

「借此宣傳一下。」

「如果你認為有這樣的必要的話，誰也不能反對。」

「但不知你肯不肯幫我一點忙？」

「我？我還有甚麼能力幫助你？」

「你可以代我邀請各報的記者來參加。」

「不，我不能這樣做。」

「為甚麼？」

「因為我早已脫離新聞界。」

「可是，上次你不是還替我發過消息的？」

「那時候，我是你的僱員。」

「如果我現在再給你一點錢呢？」

「情形當然不同。」

丁桃笑了，笑容含着狡黠的意味，站起身，走入臥房，拿出兩百塊錢，交給我。

「你替我安排一下，最好能夠將各報娛樂版記者都請來。」

「日期與地點？」我問。

丁桃微昂着頭，兩眼骨溜溜的一轉，然後作了這樣一個決定：

「本星期六……下午四點正，在格蘭酒店。」

我點點頭，立刻轉身離去。我這樣做，為的是不想讓她見到我臉上的憤恚之情。

打從結識丁桃的第一晚起，她就開始利用我；直到如今，明知我已恨透了她，但是仍不肯放鬆任何可以抓到的機會。說起來，這實在是一件非常可笑的事。她幾次三番這樣對待我，臨到最後，我居然還會如此愚蠢。當我離開丁桃的寓所，想起她的無情，心像上了鎖，十分煩躁；然而回到家裏，我竟提起毛筆趕着替她寫請柬了。

將請柬發出後，又閒得發悶。身上有些錢，第一件想要做的事，便是喝酒。

一個人感到煩悶時，酒是不能給予多大幫助的；不過，我的目的只想利用酒來麻痺頭腦，藉以忘掉一些痛苦的記憶。

23

一連好幾天，我把自己關在房內，手不離酒，始終陷於迷濛意識中。有一天早晨，我睜開眼來，頭很痛，但神志已比較清晰，猛然想起丁桃的記者招待會，忙不迭一骨碌翻身下床，對掛在牆上的日曆一瞅，發現日曆已經幾天沒有撕去，頗覺好笑。於是，匆匆走到門背，傴僂着背，拾起地板上的報紙，察看報眉，才知道是星期日。

「糟了！」我暗自忖度，「記者招待會是星期六舉行的，然而今天已經是星期日了！」

翻開報紙，在「娛樂版」裏果然看到了丁桃舉行記者招待會的新聞。新聞相當詳細，將記者們提出的詢問及丁桃的答覆幾乎全部記錄下來。

丁桃在答覆記者詢問時，處處替自己的新片做廣告。關於這一點，我倒不怪她，事實上，她舉行招待會的目的就是替自己的新片作一番宣傳。不過，當記者們問她甚麼時候舉行婚禮的時候，她不但絕口否認，同時還將全部責任推在我的身上。

關於這件事，報紙上的記載是這樣的：

記者問：「丁小姐，請問你甚麼時候舉行婚禮？」

丁桃答：「結婚？我根本沒有這個打算！」

記者問：「但是前一個時期，有兩家報紙不是刊登過丁小姐訂婚的新聞？」

丁桃答：「新聞我也看到，但是並不正確。」

記者問：「無風不起浪，此事不會一點根據都沒有？」

丁桃答：「讓我老實告訴你們吧，這事完全是對方自作多情，未經我同意，就兀自走到報館去發消息。」

記者問：「既然如此，當時你為甚麼不立即向那兩家報館提出抗議？」

丁桃答：「作為一個電影明星，給別人製造謠言，是一件免不了的事；再說，報紙肯常常提到我的名字，無異替我做義務宣傳，我感激他們的幫助還來不及，哪裏還能提甚麼抗議？」

記者問：「如此說來，那次訂婚的消息是完全不正確的了？」

丁桃答：「天下自作多情的人多得很，事實上，也只有自作多情的人纔會做出這樣的傻事來。」

……

……

以上是報紙刊載的，當然不必懷疑報道的真實性。丁桃公開向新聞界宣佈我製造謠言，不但影響我在新聞界的地位，抑且使我的人格也破產了。這件事，明明是丁桃利用我，結果，由於林克勤的突然出國，我失去了「煙幕」作用，她就趁此反過來咬我一口。

至此，我終於看清了丁桃的真面目，心裏難過得好像小刀子在剮。我一直將她當作天使，如今，才知道她是一個魔鬼。

我做了一件非常愚蠢的事，竟把自己的感情、事業、幸福和命運全部交給了一個演戲的女人。她的「戲」，演得實在太好，使我置身於噩夢中，失去真偽之辨。

現在，我已從噩夢中覺醒，驚駭於自己的愚蠢，發現以前所期待的，無一不屬虛假。

憎恨與追悔使我失卻面對現實的勇氣，於是又喝了幾杯酒，然後穿上衣服，帶着醉意過海去找丁桃。我根本不知道為甚麼要這樣做，也許是因為無處可去的緣故。我受了委屈，總得找個人來痛罵幾句。丁桃一再欺騙我，作弄我，利用我……我也該趁此表達一下自己的憎恨。

當我見到她時，她依舊是美麗的。但是我已覺醒，而且知道這美麗的背後蘊藏着一個醜惡的靈魂。我瞪大憤怒的眼，第一次用裂帛的聲音對丁桃咆哮：

「你怎麼可以公開撒謊？」

丁桃聽了我的話，不但不露慍色，而且若無其事地點上一支煙，走到窗邊，假裝觀看窗外的景色。

她那種愛理不理的態度，無異火上加油，使我益發惱怒了。於是，我故意吊高嗓音責問她：

「你說，你憑甚麼理由公開破壞我的名譽？」

丁桃驀地掉轉身，嗤鼻冷笑一聲，說：「像你這樣的人，也配談名譽？」

我氣極了，挪步上前，舉起手來，「啪」的摑了她一巴掌。她受了委屈，跌跌撞撞地走近茶几，拿起聽筒，打了一個電話給差館。正當她在打電話的時候，我離開了……

24

從此，我就更加孤獨了，不能求取芬妮的諒解，也不願意探聽任何有關丁桃的事情。

人間的辛酸，我都嚐過了。日子過得非常苦悶，生命消失了應有的意義。快樂變成奢侈品，我再也得不到快樂。在這個期間，我還是經常喝酒，將手上所有的現錢全部購買酒液。當我喝醉時，雖不快樂……但也並不悲哀。後來，我手上的錢花光了，逐漸從迷濛意識中渡到清醒，感情又受到極大的痛苦。我想不出更好的辦法使我從殘酷的現實中逃避到另一境界，我唯有痛苦地接受現實的鞭撻。我可以挨餓，但是酒癮發作時，就會瘋瘋癲癲的做出許多自己都不想做的事情。我常常走到朋友處去借錢，朋友見到我那種潦倒的模樣，個個用鄙夷不屑的目光注視我。我不怕別人嘲笑，只怕別人不肯借錢給我買酒。有時候，朋友們故意將鈔票擲在地上，我也並不覺得這是一種侮辱。有時候，朋友們聲色俱厲地罵我沒有出息，我也不在乎。只要有錢買酒，甚麼侮辱都能忍受。但是，日子一久，朋友們不再開門接待我了。我欲借錢，無從開口，甚至連邱世英，也會板起面孔不理睬我了。這樣一來，我不能常常沉湎於醉鄉。當我清醒時，我想不出人生有甚麼意義。

我開始感到困乏。在一些陳舊的記憶裏，想起童年時代的種種。我想起揹了書包上學的情景，也想起在草地上放風箏的情景，但是那些回憶也完全沒有甚麼意義。有時候，我也會想到芬妮，可悲的是：連芬妮的笑容也不能使我感到快樂。

我只想喝酒。為了酒，我甚麼都願意做。有一次，實在熬不過了，竟厚顏走去找丁桃。丁桃不肯開門，我就坐在門外大哭大嚷。約莫十分鐘過後，我發現有人從門縫裏塞出一張十元的鈔票來，高興極了，忙不迭走去買酒喝下。

十塊錢不能購買太多的酒，喝下後，不久就醒。我怕與殘酷的現實接觸，所以又去找丁桃。丁桃拍戲去了，不在家。我到別的地方去兜了一圈，再到丁桃處，丁桃雖已回家，卻不准工人開門。沒有辦法，只好襲用故技，坐在門口，大哭大嚷。我以為丁桃會像上一次一樣從門縫中塞出鈔票來的，結果卻一點動靜也沒有。我哭得更大聲，只是不見鈔票。於是，我歇斯底里地亂嚷，同時不停地按門鈴，企圖借此使丁桃屈服。不料，二十分鐘過後，忽然來了一個警察，手持警棍，大聲警誡我幾句，將我趕了出去。

「以後不許再到這裏來搗亂！」他說，「如果再見到你在這裏搗亂的話，非拉你去坐監不可！」

警察的語氣很兇；但是我犯不着跟他爭辯。我的目的是喝酒，沒有酒，甚麼都提不起勁，包括爭取自己的自尊心。離開丁桃處，我「渴」得厲害。

我必須找錢買酒。朋友們見到我那種狼狽的模樣，個個皺眉瞪眼的拒絕我的要求。我沒有勇氣去找芬妮，唯有拖着疲憊的身子回到家裏。我難過極了，喉嚨口彷彿有一撮烈火在燃燒。四肢又瘦又痛，不喝酒，恐怕連走路的氣力都沒有了。我必須設法找些錢來。我希望能夠找出一些可以變錢的東西。於是，翻箱倒篋，幾乎將所有的東西全部翻了出來，只是沒有一樣值錢的。我不能不喝酒，所以我拿了一套舊西裝出去典押。西裝太舊，一塊錢都當不到。我彷彿病了，走路時，但覺頭昏眼花。回到家裏，二房東在門口攔住我。

「拿來！」他說。

我懂得他的意思。問題是：我連買酒的錢都沒有，哪裏付得出房租。

二房東的眼睛瞪得很大很大，彷彿兩盞電燈一般，掛在前面。我倦了，想睡，但是二房東怎樣也不肯讓我進去。二房東說：

「你已經欠了我三個月的租金，不繳租，絕對不能讓你進去！」

「請你再寬限幾天。」我的聲音在發抖。

「不行！前些日子，我見你老是病懨懨的，總不催你，但是今天非拿錢來不可！我也要繳大租了！」

「實在拿不出來，請你再寬限幾天。」

二房東略一尋思，終於作了這樣的決定：「好，我再給你三天期限，三天之內，你必須將積欠的三個月房租統通付清；否則，我就將房間租給別人了！」

二房東說話時，火氣很大，唾沫星子四處亂噴。我正欲挪步走進去時，他又將我擋住了。

「為甚麼不讓我進去？」我問。

他扁扁嘴，從鼻孔裏狠狠地哼了一聲，說：「除非你將積欠的房租付清，否則，我是怎樣也不會讓你進來的！」

「但是，」我問，「你剛才明明說是給我三天期限？」

「不錯，我的確給了你三天的期限……不過並沒有答應你即刻進來居住。」

「這是甚麼意思？」

「很簡單，我要你在這三天中盡量出去想辦法。過了三天，如果你仍然不繳清房租，我只好將房間租給別人了！」

說着，「嘭」的一聲，大門關上。我氣憤極了，認為二房東不能用這樣的態度對付我，拚命按門鈴，始終不見二房東將門啟開。沒有辦法，只好垂頭喪氣的走了出來。走到街口，惘惘然，莫知所從。

到甚麼地方去借錢呢？我想。

如果再借不到錢的話，我連居住的地方都沒有了。怎麼辦呢？還是走去找邱世英想想辦法。邱世英是一個好人，也許他會同情我的處境。不過，我欠邱世英的錢還沒有還清，怎麼好意思再開口？

我在街上無目的地徜徉，口渴得厲害，四肢痠軟，只想躺下來休息。但是我不能躺在街邊，唯有繼續行走。

天黑時，我實在走不動了，正想坐在人行道上喘氣，又覺得四周的環境相當熟悉，仔細一看，才知道已經走到邱世英的家門。我沒有勇氣去見邱世英，但是更沒有勇氣躺在街邊。

我終於非常自卑地走了上去。邱世英一見我，不覺猛發一怔。

「你怎麼啦？」他問。

「我……我給房東趕了出來。」

邱世英皺緊眉頭，用一種憐憫的目光對我身上不斷打量。半晌過後，才問：

「你怎麼會瘦成這個樣子？」

「我很瘦嗎？……我自己倒不覺得，也許因為沒有剃鬚的關係。」

邱世英只管瞪大眼睛對我端詳，臉上呈露着擔憂的表情：「你……你怎麼會弄成這個模樣？」

我說：「給二房東趕出來了。」

邱世英遞了一支煙給我，但是我只想喝酒。我不便直截了當地向他透露這個意思，只說：

「如果再不繳房租，我連居住的地方也沒有了。」

「房租多少？」邱世英問。

「每個月一百五。」

邱世英立刻走入臥房，拿了一百五十塊錢出來，一邊交給我，一邊問：

「還沒有找到職業？」

我見到了鈔票，心裏緊張得不克自制，立刻將鈔票搶了過來，沒有回答他的問題，就慌慌張張的奪門而出。我不知道為甚麼要逃，但是當時的我，的確非常窘迫。邱世英待我太好，使我感到內疚與慚愧。

走到街上，我想到的第一件事是飲酒。我渴極了，而且困乏到了極點，如果不喝酒，恐怕連走回家的氣力也沒有。但是——

房租非付不可。同時，口渴得厲害。對於我，酒就是血液。不喝酒，無異貧血症患者，周身發軟。我的內心充滿了矛盾，感情理性進入交戰狀態。首先，我想到的是：我欠二房東的房租已達三個月，如果先付他一個月，他暫時雖不至於拒絕我進門，過幾天一定要繼續催討的，到那時，我去甚麼地方想辦法；其次，我積欠的房租一共四百五十元，如果二房東存心扣留我的傢俬的話，我也不在乎，因為我的傢俬未必能值這個數目；此外，最重要的事情是：我實在渴得厲害。

我走進一家酒店，開了一個房。夥計端茶來，我立刻吩咐他拿拔蘭地。見到酒，彷彿見到了失而復得的寶物。我斟了一大杯，仰起脖子，骨嘟骨嘟的傾飲着。

我無法描摹當時的心境是如何的愉快，總之，情形倒也有點像久旱逢甘霖。我只管貪婪地傾飲，將所有的煩惱全部置之腦後。不久，我就醉倒了……

我不知道在酒店裏住了幾天，也不知道喝了多少酒。當我醒來時，夥計拿賬單來，說我欠了酒店一百三十元，除去已付定洋五十，尚須付給八十元。我身上只賸一百，付去八十，還有二十。邱世英借給我的錢幾乎已花光，我不能不離開酒店。

走到街上，陽光像千萬支長針般，刺得我睜不開眼。我已無家可歸，連可以找的朋友也沒有。

在一家專賣化妝品的店鋪面前站定，櫥窗裏有一面鏡子。對鏡一照，不覺吃了一驚。我很瘦，瘦得落了形，滿腮鬍鬚，兩頰深陷，多看幾眼，連自己都不免害怕起來。

「怎麼會變成這個模樣？」我想。

我感到肚餓，鄰近有一家茶樓，走進去，挑一個角隅的座位，向夥計要了一壺普洱和一盤乾炒牛河。

我是一個無家可歸的人，吃過東西，依舊呆呆的坐在那裏，坐久了，覺得很無聊，走到門口，買了一份日報閱讀。在「娛樂版」裏，看到一則有關丁桃的新聞。原來丁桃的新片早已公映過了，賣座極盛，連滿一百二十場，成績之佳，為近期國語片所僅有。丁桃獲得了鼓勵，正在積極籌備第二部新片。此外，新聞復稱：丁桃在南洋地區的票房價值陡然提高，已引起許多製片家的注意，有人邀請丁桃拍片，丁桃曾提出每部片五萬元的片酬。

看到這一段新聞，我不禁失笑了。有個夥計恰巧站在我旁邊，見我無端端發笑起來，側過臉，問道：

「甚麼事情這樣好笑？」

我聳聳肩，不答話。其實，我心裏卻在譏笑這個畸形的社會。

在這個社會裏，只有像丁桃這樣的女人才能飛黃騰達。她把現實生活當作「戲」，用泛泛的態度遊戲人間，將異性的情感視作戰利品，攻心計，施陰謀，出賣色相，為的是想做一顆亮晶晶的電影明星。包圍在她身邊的那班男人，幾乎沒有一個不迷惑於她的美麗，同時也沒有一個不被利用。從那個在攝影棚當場記的吳傑算起，葛導演、周胖子、林克勤、宣傳部的職員、報館的記者，以及我自己，可以說沒有一個不被她利用。丁桃將所有的男人全部當作傻瓜，而那班男人也的確替她做了許多傻事。唯其如此，丁桃才會出人頭地，變成了一個為千萬影迷所崇拜的電影明星……不錯，我們的社會就是這樣的，老實人永遠非吃虧不可，只有把生活當作演戲的人纔能有辦法。在我們這個社會裏，誰的戲演得好，誰就是俊傑。丁桃的成功，傻瓜們的功績比她自己的努力更大。

想到這裏，我決定再去找一次丁桃。

我雖然知道丁桃早已絕情於我，但是，我過去曾經為她做了許多傻事，如今也該輪到她來幫助我多少了。

這是一個天真的想法，然而我竟這樣做了。我厚顏去到丁桃處，按鈴，工人走出來應門，先在警眼中張望，望見是我，然後在門內對我說：

「丁小姐出街了。」

我斷定女工在欺騙我，因此用同樣的手段對付她了。我說：

「我是給丁小姐送東西來的，請你開門。」

女工信以為真，居然將門啟開了。我立即趁勢衝了進去，一言不發，只管朝臥房疾步急走。那女工當然是認識我的，只是見我行動詭異，不免受驚地嚷了起來，問我究竟找甚麼。我對全層樓幾個房間迅速作了一番檢查，不見丁桃，就氣勢洶洶地問工人：

「丁小姐呢？」

「出街了。」

「甚麼時候回來？」

「不知道。」

「到甚麼地方去了？」

「也不知道。」

「你不會不知道的，快講！」

工人愁眉苦臉的站在那裏，不說話，也不動彈，表情非常尷尬。我板着臉，等她答話，她則躊躇不決地低着頭。隔了很久很久，她說：

「丁小姐不在家，請你明天再來吧。」

「好，你不用擔心，我馬上就走；不過，你必須告訴我丁小姐到甚麼地方去了？」

她不出聲，臉呈為難之色。我斜眼對酒櫃一瞅，看到一列酒瓶，心跳突然加速，忙不迭走過去，伸出抖巍巍的手，替自己斟了一杯威士忌，貪婪地傾飲着，工人則不斷地催我離去。

「你走還是不走？」她問。

我只管飲酒，完全不理睬她。

她急了，用近似威脅的口氣嚷起來：「你若不走，我就打電話給差館！」

我立即放下酒杯，匆匆走過去，奪下她手中的電話聽筒，重複追問一句：

「告訴我，丁小姐到甚麼地方去了？」

「請你先走出去，我再告訴你。」

「請你先告訴我，我再走出去。」

工人略一尋思，咬咬牙，終於坦白告訴我：「星加坡有一位片商因公來港，丁小姐邀請了不少陪客，在香檳酒樓設宴，替他接風。」

聽了工人的話語，我昂起脖子，將杯子裏的酒一口呷盡；放下空杯，立刻走了出來，趕着到「香檳酒樓」去。

25

從丁桃的寓所到「香檳酒樓」，只需半支煙的時間。當我站在酒樓的梯口時，我忽然躊躇起來了。我知道自己沒有剃鬚，同時身上的衣服也皺得如同鹹菜乾一般，如果貿然出現在丁桃的宴會上，必然會引起她的反感的。但是，時至今日，想見一次丁桃，已經不是一件容易的事了。好容易找到這個機會，豈可隨便放棄？說不定在這種場合見到丁桃，也許更能激起她的同情心。這樣想時，我竟舉步上樓了。我不知道我的勇氣從甚麼地方來的，事實上，我只在丁桃處喝了一杯酒。

走到樓上，夥計問我：

「找誰？」

我說：「找丁桃小姐。」

夥計上一眼下一眼的對我打量，眼睛充滿了懷疑的神情。

不過，他仍執禮甚恭地請我稍等片刻，自己則走進臨時隔出來的那個位於角隅的房間。這時候，我的心突突的往上撞，情緒相當緊張，暗暗猜測丁桃見到我的態度。正在思量時，丁桃已經婀婀娜娜地走出來，見到我，兩眼一瞪，呶呶嘴，立刻撥轉身，橐橐橐的回到裏邊去了。

我忙不迭追了進去，發現裏邊擺着兩枱酒，坐着十幾二十個衣冠楚楚的賓客。丁桃直瞪瞪的盯着我，眼睛裏彷彿有一股怒火射出，一直射到我心裏。有人指着我問她：

「這是誰？」

她頓了頓，竟憤然說出這麼一句：「誰知道?我根本不認識他！」

於是有一個身材高大的男人挺胸凸肚的走到我面前，用裂帛似的聲音咆哮起來：

「你是不是存心來搗亂？」

「我是丁桃的朋友。」我說。

「找她做甚麼？」

「沒有理由告訴你！」

那人見我態度強硬，立刻轉過臉去，悄聲問：「你究竟認識這個人不？」

丁桃咬牙切齒地說：「我根本不認識他！」

高個兒又轉過身來，兩眼一瞪，聲色俱厲地威脅我：「你要是識相的，馬上離開這裏，要不然，休怪我不客氣！」

我聽了，氣得肝膽俱裂，心一橫，指着丁桃大罵：「丁桃！你這人有沒有良心？我為了你，弄得不能在新聞界立足；我為了你，不但事業失敗，而且還欠了別人一筆債；我為了你，失去了自己的孩子，也失去了妻子；我為了你，弄到這般田地，如今，你……你……你竟說根本不認識我！」

丁桃聽了我的話，臉上一陣青，一陣紅，眼睛一眨不眨地望着我，緊咬嘴唇，頰肉不停地抽搐。

所有的賓客全給我嚇住了，久久嘿然，驚駭於事情的突如其來，誰也不出聲。空氣非常緊張，彷彿凝固一般。經過一番考慮後，丁桃忽然大聲咆哮起來：

「瘋子！不要再在這裏胡言亂語！」

這句話，每個字像枚釘，扔在我的心坎裏，又刺又痛。想不到丁桃竟會當眾詈罵我是瘋子了。我怒不可遏，正欲挪步上前摑她一巴掌，卻給那個高個兒伸手攔住。高個兒臉孔一板，用低沉的語調問我：

「你說，你走來找丁小姐究竟有甚麼事情？」

我想了想，一時竟答不出適當的話。我最初的意思當然是想找丁桃拿些錢的，沒有料到丁桃居然罵我是瘋子了。因此，心內一氣，把來意完全忘掉了。現在經高個兒一提，才按下怒火，嚅嚅滯滯地說：

「我……我過去幫過丁小姐的忙；現……現在想請她也幫我一點忙。」

丁桃似乎怒氣仍盛，聽了我的話，竟像雞叫般的吼起來：

「你不要胡說八道！我甚麼時候……」

話語沒有說完，就被高個兒阻住了。高個兒傴僂着背，把嘴巴湊在丁桃耳畔，吱吱喳喳的說了幾句，丁桃躊躇一下，撥轉身，走到桌邊，打開手袋，掏出一張百元的鈔票，憤然朝地上一擲。

「拿去！」她直着嗓子嚷，「以後再來麻煩我，非報警不可！」

我睜大了眼睛瞪視鈔票，心裏很氣，認為丁桃不應該當眾侮辱我，正擬轉身離去，但是那張鈔票卻具有一種特殊的吸引力，使我搬不動腳步。剛才，我在丁桃家裏曾經喝過一杯酒，現在又覺得口渴了。酒是一種奇異的東西，當你喝了一杯，你就想喝兩杯；當你喝了兩杯，你就想喝四杯……繼續不斷地喝，喝，喝，直到你神志不清時為止。現在，我對餐桌看看，桌面上放着許多酒杯，杯子裏盡是各式各樣的酒，這些酒不是給我喝的；但是有了一百元，我就可以喝一個痛快了。想到這裏，我對高個兒看看，又對繃緊面孔的丁桃看看，再也無法抵受酒的引誘了，呶呶嘴，終於弓下腰，非常迅速的將那張鈔票拾起來。

驀地響起一陣哄笑聲。

在震耳的哄笑聲中，我像脫兔似的逃了出來。離開「香檳酒樓」，耳邊還不斷地響着那可怕的笑聲。

哈哈哈，哈哈哈……

笑聲如同飛箭一般，直射我心。我慚愧。我憤怒。我懦怯。我完全不克自制了。

我彷彿受了包圍，而包圍我的敵人卻是那些刺耳的笑聲。

奇怪的是：我已遠離那些發笑的人，可是笑聲依舊從四面八方圍攻我。

我必須找一個躲避的所在。

街邊有一間茶餐廳，走進去，向夥計要了一杯威士忌。酒，變成了最佳防禦工事。三杯下肚，笑聲終於被我擊退了。我必須乘勝追擊，因此又喝了三杯。夥計見我如此貪婪，立即走來要我先付酒錢。我瞪大醉眼盯着他，發現他的笑容彷彿在演戲。我討厭所有會演戲的人，心中一惱，憤然將那張一百元的鈔票擲在桌面，以示報復。其實，這動作是一點意義也沒有的，但是我卻願意這樣做；我明知喝酒解決不了問題，卻願意喝。

我不知道究竟喝了多少，也不知道離開那家茶餐廳後走去甚麼地方。我神志完全不清，根本不知道自己做了些甚麼。

26

當我醒來時，窗外的陽光使我睜不開眼。在迷濛意識中，我彷彿看到有個人影走去拉好窗簾。然後我對四周瞅了一圈，白牆，白門，白色的桌子，白色的椅子，白色的床頭櫃，白色的床……總之，幾乎每一樣東西都是白的。

這是甚麼所在？

正感困惑間，那拉窗簾的人已經婀婀娜娜的走到床邊了。定睛一瞧，竟是芬妮。

「是你？」

芬妮點點頭，臉上掛着溫情的笑容。我不明這究竟是怎麼一回事，因此開口向她詢問：

「我在做夢？」

「不，你已經醒了。」

「這是甚麼地方？」

「這是醫院。」

「醫院？」我不覺大吃一驚，「我沒有病，為甚麼要躺在醫院裏？」

芬妮傴僂着背，柔聲細氣的勸慰我，要我保持心境的平和，不要太衝動。芬妮的態度，顯然大出我意料之外。她的熱情，她的關切，她的蜜意，都是只能求諸於夢寐的東西；但是，她竟說我並不在做夢。

「這是怎麼一回事？」我問。

「好好靜養吧，醫生說你下午就可以出院。」

「我患了甚麼病？」

「你喝醉了。」

「我是常常喝醉的；可是從未因為喝多了酒而被送入醫院的。」

芬妮牽牽嘴角，露了一個淺若燕子點水的笑容，柔聲對我說：

「只要你肯戒酒，我們還是可以獲得快樂的。你不必擔心經濟問題，童裝店最近的生意很好，等你情緒恢復正常時，我願意將童裝店獲得的利潤拿出一部分來，交給你，讓你恢復雜誌社。」

這一番話使我益發莫名究竟了，我完全無法了解：芬妮怎麼會一下子待我這樣好？

「我還是不明白。」

「不明白甚麼？」

「你怎麼知道我會躺在醫院裏？」

「看了今天出版的日報。」

「報紙上有我的新聞？」

「是的。」

「我做了甚麼事？」

「難道你自己一點也不記得了？」

我點點頭。

芬妮低吟半晌，只用歎息來代表千言萬語。她沒有明確地答覆我的問題，看樣子，她的規避似乎是故意的。我當然不會因此感到滿足，所以又追問了一句；

芬妮閃閃明亮的眸子，把話題轉向今後的計劃。她要我恢復雜誌的出版，但是我覺得辦電影雜誌沒有甚麼意思。

「有銷路的雜誌，沒有意思；相反的，有意思的雜誌，沒有銷路。這倒難了。」

「學術性雜誌吃力不討好，第一，好稿子不容易找；第二：銷路打不開。」

「那末，為甚麼不辦一本學術性的雜誌。」

「在香港搞文化事業，永遠存在着這樣的矛盾。」

「但是你總不能不做事？」

「新聞界的朋友們對我已失去信心。」

「除了進報館做工，你還有別的計劃嗎？」

「能夠跳出文化圈，我的精神一定可以振作起來。」

然後我告訴她，如果經濟情形允許的話，我希望能夠開一間小小的士多。

芬妮聽了，忍不住哄笑起來，說我受了刺激之後，已經完全失去「大志」。我笑笑，不予置辯。一會，病房的工人走進來，問我想吃些甚麼，芬妮向她要了兩客西餐。吃過中飯，芬妮強迫我睡午覺。醒來，芬妮已將出院的手續辦妥了。我一骨碌翻身下床，伸個懶腰，四肢雖然微微有點疲軟，但也並不覺得有甚麼不舒服。離開醫院，芬妮準備跟我一起回家。坐上的士，我吩咐司機將車子駛往銅鑼灣區的一家酒店。芬妮頗感詫異，對我投來詢問的一瞥；然後我悄聲告訴她：

「我欠了三個月房租，已被二房東趕了出來！」

芬妮笑笑，問我：「現在該怎麼辦？」

「先住一晚酒店，明天再出去找房子。」

「傢俬呢？」

「傢俬也給房東沒收了。」

芬妮對我瞪了一眼，眼睛裏含有矯飾的怒意，雖不開口，但是意思極其分明。她顯然在責怪我糊塗了，我唯有低頭默認。

當我們進入酒店時，我們的心情都很好。芬妮說我鬍髭太長，簡直像個乞丐，一定要我去理髮。我不便背悖她的意向，終於獨自離開酒店。

走到街上，我又覺得口渴了，前邊有間茶餐廳，彷彿一個久別重逢的老友一般，正在向我招手。我的心忽然劇跳起來，然而走進了一家理髮店。

在理髮的時候，夥計拿了幾份日報給我。看到日報，立刻想起了芬妮在醫院裏跟我說的話，忙不迭翻到「港聞版」，才看到一則關於我的新聞。

新聞的標題用大號老宋排，內文則說我昨日在干諾道海邊跳海輕生，幸被船上水手救起，立刻報警，送醫院救治。記者在述及我的身世和職業時，故意渲染我與丁桃的關係，說我自作多情，曾經片面發佈訂婚消息，所以猜測起來，此次遂萌短見，恐係情場失意之故。

看了這一則新聞，我不禁失笑了。首先，我自己都無法斷定此次墮海是「蓄意輕生」抑或「不慎失足」，因為，當時我已醉得不省人事。其次，記者說我「情場失意」，也許並沒有說錯，只是那訂婚事件卻因此變成了一個莫須有的秘密。最後，我不得不承認命運之神的喜歡作弄人了，如果不是因為喝醉了酒，我是永遠沒有勇氣跳下海去的；不跳海，芬妮也許永遠不會饒恕我。

由於無意中邂逅了丁桃，生活的面貌開始有了極大的變化。我一再叛逆自己，只管朝錯誤的方向奔逐。迨至受盡折磨後，忽然驚駭於自己的愚蠢，差點連活下去的勇氣也消失了，幸而善良的芬妮終於寬恕了我，要不然，那就不堪設想了。我接受了一份離奇的教育。

現在，我已清醒。我立刻作了三項決定：（一）戒酒；（二）全心全意的愛芬妮；（三）忘掉那個演戲的女人——丁桃。

演戲的人

劉以鬯 著

責任編輯 張佩兒
裝幀設計 陳佩珍
排　　版 楊舜君
印　　務 周展棚

出版 中華書局（香港）有限公司
香港北角英皇道四九九號北角工業大廈一樓B
電話：（852）2137 2338
傳真：（852）2713 8202
電子郵件：info@chunghwabook.com.hk
網址：http://www.chunghwabook.com.hk

發行 香港聯合書刊物流有限公司
香港新界荃灣德士古道二二〇—二四八號
荃灣工業中心十六樓
電話：（852）2150 2100
傳真：（852）2407 3062
電子郵件：info@suplogistics.com.hk

版次 二〇二五年七月初版

規格 三十二開（190mm×130mm）

ISBN 978-988-8913-63-3